わたくしとは何だろう

―山の都に生きて―

前田　和興

わたくし

東京に生まれ、第二次世界大戦中は、
農家で、母の実家の静岡県富士宮市で、
国民小学校二年生から中学二年生までの六年間を過ごし、
戦後、埼玉県浦和市に戻った。
高等学校卒業、大学中退、全国放浪行脚、
九州熊本県矢部町の友人宅を訪れてからの六十五年は
光陰矢の如しであった。
妻との婚姻から五十六年、二人の子宝兄妹
二千二十五年元旦で米寿となる私。
物書きでもない私の、無限の時空で、
自我という無二の意識の瞬時の煌めきを与えられた証として
この書籍を残すことにした。

わたくしとは何だろう？

目次

通潤橋架橋百五十周年記念事業

南手新井出記録

郷土劇　南手新井出記録

【キャスト】

矢部手永惣庄屋　布田保之助――――倉岡盛雄
布田の妻女　益――――吉本登代子
奉　行　真野源之助――――坂本明士
真野の妻女――――甲斐英子
侍　女――――工藤サチ子
上益城郡代　上妻半右衛門――高岡隆史
上妻の妻女――――柴田尚美
手付横目　石坂禎之助――――下田房夫
矢部会所下代　佐野一郎右衛門――柴田敏光
測量方　赤星九郎助――――阿部主税
矢部会所手代　高橋文治――――中村豊光
矢部会所添手代（添口）工藤宗次郎――――甲斐鴻生
矢部会所詰小頭　石原平次郎――――嶋田浩幸

番匠頭　茂助 ―― 田上祐元
石工頭　卯一 ―― 田上博之
石工　丈八 ―― 西田武俊
百姓　弥平 ―― 坂田弘明
百姓　利八 ―― 中村豊光
百姓　みの ―― 吉本とよ子
百姓　儀助 ―― 梅田隆利

【子役】

第一場　○高松将史　○荒木健太郎　○藤川卓也
　　　　○木原隆介　○甲斐陽来　○友田衣美
第二場　○斉藤奈菜　○渡辺ゆい　○坂本龍芳
　　　　○坂本わかな　○坂本みのり
第三場　○木原昂亮　○高松将史　○木原隆介
　　　　○友田衣美　○荒木優里
第四場　○伴祥太朗　○伴剛志　○伴朋恵

第五場　○荒木健太郎　○蔵原しほり　○今井理衣
第六場　○大林博昭　○斉藤奈菜
　　　　○村上哲也　○藤川侑樹
第七場　○甲斐陽来　○斉藤健志郎　○田代みなみ
第八場　○吉山夏帆　○藤川侑樹　○下田彩加
　　　　○田上有里　○藤川卓也　○村上哲也
　　　　○坂本茉菜美　○成瀬真奈美
第九場　○高畑朋幸　○木村恭平　○大林博昭
　　　　○荒木春香　○岩崎まい

スタッフ
作・脚本――前田和興
演出――後藤孝徳
演技指導――前田和興
演出助手――山﨑　咲
舞台監督――後藤孝徳
舞台助手――国武昇示

【舞台美術】

大道具 ―― 尾上一哉
小道具 ―― 榊　伸三
音楽・音響・効果・映像 ―― 片山精次郎
照明 ―― 山下雄一
助手 ―― 平田和之
助手 ―― 後藤翔太
助手 ―― 中塚晶人
助手 ―― 日隈光治
助手 ―― 小田原淳一

時代考証 ―― 田上　彰
男子所作指導 ―― 石井清喜
女子所作指導 ―― 真野かよ子
衣装協力 ―― 村山千春
助手 ―― 松田美智代

助手――――　西岡鈴子
児童演技指導――――　真野かよ子
児童演技指導――――　甲斐英子
児童演技指導――――　下田美鈴
児童演技指導――――　山下淳子

【協　力】

○かつら――はぐるま座　○音響協力――矢部一座
○舞台美術――江口事務所　○衣装――吉本美術　松竹衣装中山晋也
○着付・メイク――日本和装学園熊本総合学園長　山田京子、西岡美容室

―ナレーション―　（第一幕の前）

此処は、細川のお殿様の御領地で、

熊本の御城下から、日向の御領地に抜ける道筋の、
丁度中程にあたります矢部手永と申す処で御座居ます。
手永内の村々は大村だけで七十と六。
その手永の一番南に集っております村が十ばかりありまして、
手永の南に在るということから、南手と呼ばれているのでございます。
私の在所は、その南手の小さな村、
それも、六つの村全体が、東、南、西の三つの深い谷の川筋と、
北は、浜町という盆地に囲まれた、
それは、それは水の乏しい在所でございます。
　私の家、家と云うても、ほんの伏廬（ふせいお）でございまして、
草に生い崩されかかった藁の屋根と、
下げ筵がなければ、所々庭が見える土壁や、
何時敷き替えたやら覚えも無いような、破れ畳に藁を梳（と）き敷いて、
寝起きを致しますのが常で御座居ました。
　そんな有様ですから、生計（たつき）の中味等は、
それはもう御想像にお任せする外は御座居ません。
惣体、水の利の乏しい百姓の苦しさや悲しさ、それにも勝る悔しさは、

他人様では仲々、お分り戴けるものでは御座居ません。
けれども、今は、こうして、餘る程の養水（やしないみず）で、
子供や孫も、一家打揃いまして、田に畑に精を出しております。
何故、私の在所に、このように多くの新しい井手が走り、
水がこのように参ったかとお尋ねなられる？
左様で御座居ます。その水の経緯（いきさつ）が、
これからお話いたします南手新井手記録なので御座居ます。
私共の村々を束ねておいでなのが、庄屋様でございますが、
そのまた庄屋様を束ね、手永を御支配されておられるのが、
御惣庄屋様で御座居ます。
その代々の御惣庄屋様が、おそらくお考えにもならなかったこと。
　この南手の村々に水の流れをお作りになられた
第十六代矢部手永御惣庄屋、布田保之助様と
時の郡代上妻半右衛門様のお話。
手永の会所にお務めさせて頂いている私の遠縁の者より、
耳に致しました事も混えて、御覧に入れまする故、
どうぞ最後まで御ゆるりとお楽しみ下さいますように。

―映像とナレーション―

享和元年より
天保十三年迄の天災と損毛高（そんもうだか）。

―映像の流れ、読上げ共に二分間
　初めの十年と終の十年をロールライト
　天保十三年で止め、七月のアップ―

―天保十三年
当夏秋旱損（ひでりそん）水害
損毛高十六万六百七拾石余
　七月

通潤橋架橋着工十年前。―

第　一　幕

第一場（架橋十年前）

「保之助、南手旱害見廻り。
十年後の約束の場」

天保十三年七月　早朝

場所　白石村相藤寺の畝傍

キャスト
惣庄屋　布田保之助（42）
測量積方　赤星右之助
下代　佐野一郎右衛門
村人弥平
村人利八
村の子供数人

—保之助、赤星、佐野、測量の下見を兼ね早朝の見廻り。

赤星、地図を眺めながら。――

赤星　左様でございます。五老ケ滝の滝上に磧を築き立てましても、
小原、長野、犬飼に水は掛りませぬ。
ほぼこの辺りが頂きで御座居ましょう。

佐野　岩尾のお城のお櫓台から樋を掛ければ、南手は皆潤うのだがな。

赤星　佐野様。またそのような。ご冗談を。惣庄屋様の耳に入ります。

布田　気にせずともよい。
それにしても去年は長雨、今年は照り、
このままでは穂枯が出ねばよいが。

佐野　暑気（しょき）がさほどでもござりませせぬ故、
虫の害は無いように見えまする。
そう云えば、藤崎のお宮では、近々雨乞いの祈祷を

なさるそうでございますな。

布田　うむ。村々でも雨乞いの声が聞こえ始めておろう。
この様な山間（やまあい）では、何処（いずこ）も井手筋が
　整わなくては、上田（じょうでん）を作ることは出来ぬ。
それにしても、叔父の太郎右衛門殿の井手、
塘（とも）の御仕事振りは見事なものであった。
　儂もあのように、
民を預る務をいささかなりと果たしたいものだの。

赤星、佐野　ははっ。

—村人下手より登場—

弥平、利八　これは、大旦那様、お日和でございます。
お役目、御苦労様で御座居ます。

布田　うむ　そなた達には難儀な日和だの。
今も、この在に、養水を移せぬかとの算段をしていたのだが、
仲々仕法が見つからぬ。済まぬことだの。

弥平　勿体なか。わしらはここの生まれですけ、
仕方ないことと思うとりますけども、
駄（だ）養（やしな）いの水がどうにもならんとですが。
あいどもは、がまん性根がなかですけん。

利八　駄がおれば養いが要りますけん、夫賃取りがよかという
て、こんな時期は、村にだあれもおらんごつなりますばい。

佐野　これ、ご無礼なことを云うてはならぬ！

布田　よいよい、かまうな。ときに、宗兵衛は見掛けなかったか、
家にはおらなんだが。

弥平　庄屋さまは午前（ひまえ）に津留に行くといって下りおらしたですど。なあ。

―弥平、利八を見る。利八頷く。―

布田　そうか。もし、出合うたなら、明日会所に出向く様伝えてくれ。朝のうちとな。

弥平、利八　お伝えしときます。ほんじゃ御無礼させてもらいます。

―弥平、利八、丁寧に辞儀をして上手に去る。
入れ替わりにヨイショ、ヨイショの掛声がして上手から子供達六人登場
二人が担棒の中央に大きな水桶を下げて、重そうに運んで来る。
　舞台中央でドンと下す。―
―一人は手に花の咲いている野の草の束を抱えている。―

子供（一）　もうきつかぞ～。

—仰向けに大の字になる。一人は座り込む。
　一人が桶を覗き込む。—

子供（三）　ああア、こんなに零してエ、勿体なかア。

子供（二）　うるせエ、自分で運べ。
　ぬしがもっと草を入れんだったけんだろが。
　女子んごつ花ば抱えち、皆桶に入れんかア。

—子供（三）、渋々草花を桶の中に浮べる。少しベソをかいている。—

子供（四）　担わんもんにゃ呑ませんとばい。

子供（五）　そげなこと云うもんじゃなかよ。トモは弱かとだけん、
　ついてくるだけでもよかと。さ、行くばい。

はやく担ぎなっせ。交替々々。

—子供（四）（六）、（一）（二）と替って。—

子供（六）　トモ、泣くな。いくぞ、それ、ヨイショ、ヨイショ。

子供達　ヨイショ、ヨイショ

—子供（三）、道傍の草を摘んでから後を小走りに追って去る。—

保之助達、子供達を見送って—

佐野　無邪気なものです。もう、上の出水は枯れてしまいましょうから、下の水壺まではかれこれ半道はかかります。子供達にはきつい仕事でございましょうな。

布田　あの子供達は日にどれだけ、下るのかの。

佐野　午前に三荷（か）、あとに二荷、五度（いつたび）は運ぶと聞きました。

赤星　あの子等も所よく生まれておりますれば、
十年後には良き百姓にもなりましょうものを、
不憫なものでございます。
おそらく、生計（たつき）の足しに、
町屋の奉公に出されましょう。女子であれば、売られもすると
宗兵衛が申しておりました。

―布田、黙して子等の去った後を見遣っている。―

赤星　さ、次は新藤廻りといたしましょうか。
日の明るい間に、先の月、
明高（あけだか）となりました処を御見分下さいませ。
布田　うむ・・・・・。佐野、そちは先程、岩尾城の櫓台と云うたの。
佐野　は？
布田　いや、よい・・・・・岩尾城の櫓台・・・。

では、参ろうか。

―三人、下手に歩み去る。―

― 暗 転 ―

第一場 了

―ナレーション― （第一場と第二場の間）

このナレーションは、幕の手前で、子ども達が、唄あそびをしながら語るとよい。

子供（1） この日、御惣庄屋様は、南手村の御見廻りの後に、

そのまま岩尾のお城の御櫓（やぐら）台の跡に登られ、
川向いの岸の高みを長い間お眺めになっておられました。
そして、御同行のお役人様に「遠いのぉ」と仰られて、
お下りになられたそうで御座居ます。

子供（2）　それから五年の年月が経ちました。
この年、おとなりの砥用の手永に、霊台橋という名前の
今まで見た事もない大きな石の目鑑橋ができたとのことで、
何でも布田様はそのお祝いの席にお招きになられたとのことで
御座居ました。

子供（3）　そこで見ましたのは、今迄見たこともない、
それはそれは大きな橋でしたそうな。
石工ならこのような橋が架けられるのだ…。
布田様にとってこのときから、
五年前にあのお櫓台から眺めた南手の遠く高い岸が、
もう、手の届く程、近くに見えたのかも知れません。

さっそく、石工方とのお話が始まります。

第二場（架橋五年前）
「砥用霊台橋完成後。
保之助、石工に協力を頼むの場」

弘化四年三月

場所　布田宅

キャスト
惣庄屋　布田保之助（47）
石　工　卯　一
丈　八

──保之助、卯一、丈八、霊台橋の設計図を囲み討議中。
丈八、一尺位の指示棒を持って説明。──

卯一　御覧下さいませ。
これが布田様が車橋を架けようとのお考えの場所に
ございます。そしてこの図が砥用の橋の同じ規矩（きく）合（あい）
のものでございます。小原側の岸上の高さを基に見立て
千一つの傾きで樋を掛けますれば、
城山側の岸上のこの高さと結ぶことになります。
この線と川の中半の川底との高さを測れば、落込口の仕法を勘考
しても、おおよそ十五間を越えるやも知れませぬ。
　御承知の通り、私共が手掛けた車橋の大きさは、
砥用のものに過ぐるものはございません。
布田様のおっしゃる橋は、これよりも五間高くなり、
橋巾三間をとり、たとえ橋の足懸りが据えられたといたしましても、
折れのない屏風を立てるが如くとなり、
とても風雪、地震に向えるものではございませんし、
私達の手には、遥かに余るものでございます。

これはもう、布田様がいかに仰られても、
御辞退申し上げるより術はございませぬ。
誠に申し訳ございませぬ。

布田　ううむ・・・・・。左様か。

―長い沈黙。保之助、思わぬ答えに落胆の色を隠せない。
ややあって―

布田　相分った。さすれば卯一、そなたの仕法の橋の寸法は、
いかなる目算となったのか、示してくれぬか。

卯一　はい。

―卯一、丈八の手より図面を受取り、
広げてある図に重ねて広げる。―

卯一　さすれば、かように御座居ます。
先ず、両岸の裾を一間ばかり押込（おしこ）み、
橋の足を築立（つきた）てまする。
二つの足の裾の間の川底の巾はおおよそ九間、
足高を二間としてその上に十間円の輪石を掛けまする。
輪石と築石と合わせて一間、都合八間が橋の高さとなります。
しかし、これではお望みの十五間には七間も足りませぬ。
両岸の石の性（しょう）をいま一度、
確めて見たいとは存じますが、根石を広く巻いても、
あと一、二間がせいぜいと存じます。

—布田の表情が厳しくなる—

布田　卯一！

卯一　は？！

布田　卯一。これはいかにしても、
　儂が仕遂げねばならぬ仕事なのじゃ！

卯一　はっ。

　―保之助、再び穏やかな表情に戻り―

布田　この仕事は、この仕事はな卯一、
人馬が日々の便、不便で渡る為に作る橋ではないのじゃ。
この橋を渡る水を待つ村々は、
お主も見る通り四方を深い谷に囲まれ、
川越（かわごし）の水脈が断たれた上、惣体は寒所で、
本方（ほんかた）の上田などは数える程もなく、
田麦が穫れるところは、六ケ村で八反余りしかない。
照る日が続けば、十四、五尋にも及ぶ井戸も枯れ、
物濯（ものあらい）などは雨水を溜て用い、
飲み水も遠き道を子等が水桶を担いて運ぶ難渋の有様じゃ。

それ故、本来の百姓小前の道のみでは、
生計（たつき）の見通しはなく、
僅かな工商を兼る故、風儀も宜しくない。
　これ迄も、日夜零落立直しの手法につき、
種々に案労を重ねて来たのだが、
仲々に思いを遂げることはできなかった。
　それ故に、この水取りが儂の生涯の心懸りを果してくれる
最後の普請と願うておる。
それ故、のう卯一、
儂も樋掛（といがけ）の仕法については、
廻江（まいのえ）の見合いもあり、
いささか思うところがある。
明日からも又、見分に掛り、心魂を砕き研究致そう。
さすれば神仏も、新たな知恵と力を与えてくれるやも知れぬ。
　しかし、儂一人の力では如何ともし難いこと。
これは、どうあっても、
お主達兄弟の力を借りねば叶わぬ事なのじゃ。

あの霊台の大橋を架けたお主達の力を見込んで、
頼む、儂に力を借してくれぬか。この通りじゃ。
　—保之助が頭を下げるのを
　　丈八がおし留めるように膝を進めて—

丈八　分りました。やらせて戴きます、惣庄屋様。
そのようにお頼みになられて、
お断りすることなどできることではございません。
なあ、兄さん。
　—卯一も大きく頷く—
わし等石工の修行も、天井など御座居ません。
南手在の百姓の難儀を助ける事にこんな肩でもお役に立つのなら、
石工冥利に尽きるというものでございます。
石工は、言葉では動きません。
惣庄屋様の心意気で働かせていただきましょう。
儂等は、橋を高く押し上げる、
惣庄屋様は水を高く押し上げる。

これは、競（きそ）い合いでございます。
こちらこそ、どうか宜しくお願いいたします。
―保之助、二人の視線をしっかと受け止めて―
布田　そうか、受けてくれるか。
有難い、有難いぞ丈八、卯一。
苦労は短くはないやも知れぬが、
共に背負いて仕遂げようぞ、よろしく頼む。
―保之助深々と頭を下げる。石工平伏。―

第二場　了

― 暗　転 ―

―ナレーション―　（　第二場と第三場の間　）

子供（4）　布田様とお約束を交しなさったあと、
石工方は、その後、大層な修行をされに、
あちらこちらに参られたそうで御座居ます。
　なんでも、肥前長崎の方までも行きなさったとか。

子供（5）　布田様のお仕事振りも、大変なもので御座居ました。
この手永には、村々を結ぶ道らしい道がありませなんだ。
道が通えば、物も心も通うものでございます。
布田様は、その道を数え切れぬほどお開きなされた。

子供（6）　そうそう、あれから幾月もしない内に、
御郡代様が荒木様から上妻様に替られましての。
それからはどうも井手筋を開かれることが、多くなりました。

耳伝えによると、上妻様と布田様はとてもお気が合われるとか。

子供（7）　昨年の末からは、中島の福良井手の御普請とやらが始まり、それは、大層、大掛りなものだそうで御座居ます。

井手のお話は水のお話、何か私共南手の在所にも、良いお話があるかもしれないと話し合ったことで御座居ました。

第三場（架橋一年前）

「保之助、郡代上妻と奉（ほう）願書（がんしょ）提出の準備談議。

　願は来年出せの場」

嘉永四年八月（雨多し）

　場所　上妻屋敷の座敷

キャスト

郡　代　　上妻半右衛門

惣庄屋　布田保之助（51）
　　　上妻の妻女

―上妻家の奥座敷、座布団が二つ、茶受が各々出してある。
保之助、上妻の妻女に案内されて登場。―
妻女　ささ、どうぞお通り下さいませ。
　上妻も、ほどなく戻ると存じます。

―座布団の上を一撫でする。―
布田　八つ頃はよいだろうとおっしゃられましたが…、
　少し早目に着いてしまいました。
　もしや、遠方にお出掛でございましたのでは。
妻女　いえ、何か、真野様がお呼びだとか申して、
　あなた様がおいでになられましたら、
　お待ち下さるようにと申し付けられております。

ささ、どうぞ御安座なされてお待ち下さいませ。
・・・・あ、戻ったようでございますよ。

—妻女迎えに行く。—

妻女の声　お帰りなさいませ。
たった今、布田様がお見えになられたところです。
上妻の声　そうか。

—足音がして上妻下手より登場—

上妻　お、保之助来たか、早かったの。

—保之助座を正して—

布田　御無沙汰致しております。
久々で下って参りました。

上妻様も御健勝の御様子、何よりと存じまする。

上妻　まあ、辞儀はよい。道中大変であったの、供の者は連れずか？

布田　いえ、今日は利三郎を連れて参りました。少々持ち物も御座居ましたので。

　　　——上妻、座りながら——

上妻　そうか、ところで福良井手の方はどうだ。うまくいっておるか。

布田　は、中島の方は、先般のお申付のお蔭を持ちまして、百間毎に雨水の吐口（はけぐち）を設ける段取をいたしております。有難う御座居ました。

上妻　そうか、大分色が黒くなったの、石坂に聴いてはいるが、

　　体はいとえよ。

布田　有難う御座居ます。

　　―妻女、茶果を持って登場。
　　二人の前に運ぶ。二人茶を口にして―

上妻　で、今日の用向きは何事かな？

―布田、しばらく口を開かない。―

上妻　ん　？どうした。

布田　はい。上妻様……。
　お蔭を持ちまして、先程申し上げました中島の井手筋も、
　来年の春水頃迄には、仕上りの見込みが立ちまして御座居ます。

上妻　うむ。

布田　私めも、返り見ますれば、
　惣庄屋のお役目を仰せつけられましてから
　かれこれ十七年になります。

上妻　うむ、そうか。そのようになるか。

布田　井手筋は、道床（みちどこ）と異り水の通る道故、
　出費方も一通りでは御座居ません。
　これが叶いましたのも、
　一重に上妻様のお許らいが有りましたればこそで御座居ます。

上妻　うむ。

布田　矢部の手永は、上妻様とくと御承知の通り、
　夫役を外に出せぬ程に農地の乏しき故、

所柄によりては零落の病根が、
どうしても断つことが出来ぬままでございました。
されど三ヶ村等は、井手が通りましてからは、
末業より農に立ち戻る物も多く、
百姓小前も先のある生計と喜んでおります。
　これも皆一重に上妻様の・・・。

上妻　保之助！

布田　はい。

上妻　どうも儂を誉めそやすが、何か言いたい事があるな。

布田　・・・・・。

上妻　分っておる保之助。
残っているのは南手に水を引く事だと

云いたいのであろう。

布田　はい、有難う御座居ます。お察しの通りで御座居ます。
お蔭を持ちまして、南手を除く、手永内の村々は、
ただ今普請中の福良井手が成就いたしますれば、
ほぼ井手が整う見透しとなりました。
仰せの通り、残るのは南手に水を引く事に御座居ます。
幸い福良井手で長い井手堀の傾きの仕法を学ぶ事が出来ました。
その上、村人達の志気も上っております。
この勢のままに、南手の御普請に継げることが
出来ますならばと存じてのお願いに御座居ます。

上妻　うむ、儂もお主がそれを何時云い出すのかと思ってはいた。
で、石橋の仕法の目途は多方ついておるのか。

布田　はい、おおよそは…。
橋の石垣の高さが、十間余りになります故。

石工たちは、遠方まで出向き、見合いを深めております。
砥用の橋の時も、それが気掛りのようで御座居ました。
人馬の通る橋なれば、多少の揺れも障りにはなりませぬが、
樋掛けとなれば、水漏れの元にもなります故、
何ぞ抜きん出た工夫を勘考致しているようで御座居ます。

上妻　うむ、左様か。したが、吹上樋は如何いたした。

布田　はい、それで御座居ますが、
まず廻江（まいのえ）の吹上げを見て参りました。
落込み九尺、吹上げ六尺の
板の樋を使っておりました。
あれで田地を三百町養っております。
その他、未だ出向いてはおりませぬが、
日向の国の牧野村という処では、
長さ二十六間あると聞いております。

上妻　何でも薩摩まで出向いたと聞いたが真実か。

布田　はい、あの辺りは、竹を抜いて、吹上を作り、
呑み水を引いている所は、まま御座居ますが、
高さ七間に及ぶ水勢の多い例は御座居ませんでした。

上妻　うむ、それで、保之助の仕法は如何なものだ。

布田　されば、
この秋口に轟の滝上に試みの吹上げを組み立てまする。
南手に必要な水の量を考えまして、
樋の厚さを一寸五分、三尺越しに木枠で堅め、
まず落口九尺九寸、吹上げ九尺に積っております。

上妻　うむ、相分った。その折は儂も、見分させて貰うぞ。
で、話は前に戻すが　だ。
今年は拙い。お主も知っての通り、今年の雨は常ではない。

鯰手永は今年はかなりやられている。
四百町は下らない。
山鹿、菊池、玉名も一通りではない。
特に山鹿は山崩れが多く、
田畑の荒れは手が着けられぬのだ。
昨年は、風、虫、水と三拍子で
四十万石近い損毛であった。
それ故、今年は拙い。
幸い真野様が、六月より御奉行に就かれた。
しかし、今年は何かと御多忙であろう。
来年にせい。来年、正月明けの二月、
早々に南手御普請の願いを出すがよい。
福良井手もその頃は目算が着いていよう。

布田　相分かりましてございます。
それでは明年の二月、
早々にお願いをお出し致しまする。

何卒よろしくお願い申し上げます。
上妻様…。

上妻　如何致した、改まって。

布田　上妻様には、飽田に御転任のお召しがあると小耳に入りましたが、
眞実で御座いますか。

上妻　ほう、保之助は早耳だの。

布田　もし、そのお話が真実ならば、なりますことならば、
この新井手の御普請、御許し戴き、
無事成就いたしますまで、お力添え戴きとうございます。
先般も申し上げました通り
この手永において、田畑に水を引くお仕事は、
すべて、上妻様と御一緒させて戴きました。
この吹上新井手の御普請は、

保之助、生涯の仕上げの仕事と心得まして御座居ます。
常々、申し上げております通り、
南手在の村人の乏しき生計を目のあたりに致し、
又、村庄屋達からの度々の訴えの折には、
彼も吾と同じ人なるにと思えば、
寝喰（しんしょく）を安んずることが出来ませぬ。
上妻様が仰せになる水と田と人を結ぶ最後の仕事でございます。
なります事ならば、この御普請、無事成就いたしまして、
あの南手の村々の、緑の苗を潤す水の流れを、
　御一緒に眺めとう御座居ます。

—上妻、手で瞼を押える。—

上妻　分った、分った。相分った。
保之助、儂を泣かせるな。
しかしこれは、儂の一存でどうなるものではない。
儂もお主と、この御普請を成就させたい心は一つだ。

よし、明日にでも、お奉行にお会いして、
この御普請を見届けることが出来るよう、
お願いしてみよう。

布田　有難う御座居ます。何卆善き御返事が戴けますよう、
お待ち致しております。

上妻　保之助は善き惣庄屋殿だの。

布田　とんでもございませぬ。
上妻様こそ、御立派な御郡代様でございます。

上妻　こやつ。

—笑う、布田も笑顔を見せて—

— 暗　転 —

第三場　了

―ナレーション―　（　第三場と第四場の間　）

子供（8）　それから間もなく、五老ヶ滝の川上に、
何やら、大層な仕掛けを造っていると評判になりました。
それはあの轟川に大きな橋を架けて、
その上に、水を通すという事で、
その水樋のお試しをする仕掛けだと聞きました。
縄や幕を張り巡らして、近寄ることは出来ませんでしたが、
其の内、何時の間にやら取払われていました。
何でも、うまくいきなさらなかったとかで・・・。

子供（9）　四月（よつき）程も経ちましたでしょうか。
笹原村のこむかりせという、深い澤の中に、
同じような樋の仕掛けが出来ているという噂が立ちました。
木々に覆われているので、覗くことも出来ないのですが、
ときどきその澤の底からドドドンという、まるで太鼓を
打つような音が聞えてくるとか…。

第四場
「吹上樋、試験成功半月前のこむかりせ。
なんとか水勢は止めたの場」

嘉永五年二月二十五日
場所　笹原川こむかりせの仮小屋

キャスト
惣庄屋　布田保之助
惣豁（そうかつ）　石原平次郎
大工棟梁　茂助
石工頭　卯一

—中央に炭が熾（おこ）してある。
石原、大工、石工、小屋に入って来る。
　石原、炭を足しながら—
石原　御苦労だった。よかった。
　これでなんとか、水の勢を止める仕法の目算がついた。
　いや、よかった。
　—石工たち、現場の道具を片付けながら—
茂助　ほんとうによろしう御座居ました。

……昨年の十月、轟滝上のお試しの時は、
たった一間半あまりの
落込（おとしこ）みなのに、一寸五分もある樋板が割れ、
木枠がバラバラになったときは、
水神様のお怒りかと思いましたヨ。

石原　いや本当だ。私もあの時は、もうこの御普請は到底取畳まね
ば仕方がないと思った。
水樋を石で造るなどとは思いつく術も無かったのでな。

茂助　布田様がこのこむかりせをお選びになって
御一緒いたしました時は、
まるで隠れ家に来たような気がしたものです。
しかし、厚み四寸の石樋でも目割れするとは思いませんでした。
水の勢いと言うものはすざましいものでございますな。

石工　親方様も、まさか水の樋にこれほど難儀をなさるとは

思いの外で御座いましたでしょう。
あっしに、「卯一、石と木を接なぐことが出来るか」と
お聞きになられたときには
とてもそんなことは出来ねえってお答えしましたが‥。
ただの流れ水ならともかく、
あんな勢のかかる水をとめる継目なんてありやしねえ、
それに此処の樋のでかさはどうだ。
七間の高さから三十間の樋に落ち込んでくる水の音は、
大太鼓どころじゃねえ、雷様だ。
あの水を受止める吹上げの昇口を何とかしろと云われた時にゃ、
恐ろしくて体が金縛りになったのを覚えております。

石原　無理もないことだ。
昇り上がる手前の十三、四間は四角い円く見えるように
腹が脹らんで恐ろしくて近くに行けない有様であったな。

―大工に向って―

石工　しかし、親方様のお心の堅さにはほとほと感心したぞ。
これ程の失敗が重なっても、腕組みをして、
じっと考え込むお姿を見ていると
不思議にあっしらも心が落着いてくる。
四寸もの石が割れた翌朝、
あっしがいつもより早くここへ来ると、
もう親方様がおいでになっていて、切り出してある石を
厚さ一尺に刳（く）り抜く墨書を宗十郎と作っておられた。
次の日には、
鍛冶の伊助が鞴（ふいご）をいくつも持ち込んでいるんで、
何に使うのかと聴いたら、
何でも石の継ぎ目に鉄を溶かして流し込むって話だった。

石原　あの方は、石や木の細工を専らにしておられるのではない。
しかし、そのときそのときの場合に応じて、
次の見通しを立てていく力は、人とは思えぬ程、強く早い。

それに、目当の為には、挫けず、目を逸さず
日に夜を継いでお励みなさる。
いつもお側にいて、見習わねばならぬと感じ入るのだが、
仲々…。

石工　まことでございます。
その甲斐あって、此度据え込んだ水の昇り口手前三間程は、
一尺の厚みといたしました。
今のところ漏れも少なく崩れる気配がありません。
この仕様で進めばあと半月、三月の月半ばには、
見込みがたつかも知れませぬな。
一山昇ったようでございます。

―肩を叩きながら―

石工　なにせ、石の重さより、肩の荷の重さがこたえましたが、
ところで親方様は先程から見かけなかったが、珍しいことだな。

石原　布田様は、漆喰小屋に行かれた。
石の樋になれば、並みの漆喰では継ぎ目の漏水は止められぬ。
今お試しに掛かっているのは
八斗（はっと）漆喰の仕様とやらで、
左官たちと正月過ぎに焼いた石灰と白灰が、
五十日で程合いになると云っておられたが。

—戸が開いて保之助入って来る。
　三人驚いて立ち迎える。—

布田　あ、そのままでよい。寒いの、わしにも座をくれぬか。
石原　ささ、こちらにどうぞ。

—炭を火に継ぎ足しながら—

石原　今日は、水の勢が止まりまして、よろしう御座居ましたな。

布田　うむ、儂も安堵した。やはり石の吟味が何より肝心じゃの。
石原の眼はたしかじゃ。しかし張りを一尺にせねば
水の吹上げを持ちこたえぬとはのう…。
いや、お主達も御苦労だった。ようやってくれたな。

二人　有難う御座居ます。
一山昇ったようだと今、話をしていたところで御座居ます。

石原　漆喰の塩梅は如何でございました。

布田　うむ、やはりあの左官の云う通りではないかと思う。
早速、明日搗き合わせてみよう。
松葉汁は、四月取りとなればまだ早いから、
昨年夏に採り置いたものを左官が持っておると云うていた。
とりあえずそれを用いよう。

継ぎ目の鉄では苦労をしたが、
あれは取替えが難儀だからまだ使えそうもない。
それに、八斗漆喰の研究はまだ入口じゃ。
極めねばならぬ事が多い。
さ、もう帰るがよい。
明日も又早くから苦労を掛けねばならぬ。

大工、石工　有難う御座居ます。
それでは、お先に御無礼いたします。

—二人帰って行く—

石原　惣庄屋様、どうぞ御引取ください。
私は、火の始末をしてから戻ります。
布田　うむ、儂も戻るとするか、では後を頼むぞ。

—帰り掛けて—

布田　石原、

明日よりは、儂は奉願覚えのお伺いに赴かなければならぬ。

留守の間、段取、取締など頼みおくぞ。

石原　かしこまりました。

—布田、帰って行く石原、火の始末にかかる。—

第四場　了

— 暗　転 —

—ナレーション—　（第四場と第五場の間　）

子供（10）　御普請のお願いをお出しする二月が参りました。

布田様は、南手の村々にとって、
この御普請がどんなに大切なものであるかということを、
一生懸命お認（したた）めになりました。

子供（11）　この御普請には、藩のお金も拝借しなければなりません。
大変なお金が要るようです。
お米が沢山穫（と）れる上田（じょうでん）を四十二町、四年を掛けて開き、
そのお米で、借りたお金を返す計画も立て
そのお願いを藩にお出しになりました。

高橋　四月早々、藩から十二の御質問がございました。
先ず一つ目は、三尺四方の石樋（いしとい）を三筋も据えて、
其の重みで石橋が落ちないか。
落ちないにしても、地震に耐えられるか。
また樋の継ぎ目を損なわないか。とのご質問でございます。
そのお答えはかようでございました。
確かに石の樋と水とでは、

橋に余計な重しを掛けることにはなりますが、
砥用の橋の敷石と重さを比べても、
此方（こちら）のほうが三割ほど軽いし、
同じ三尺の輪石（わいし）に対し、
向こうは径が十五間、此方は十二間で、
やはり三割ほど強い。その上、石自体の質も良いので、
橋が崩れ落ちる心配は全くございません。
地震につきましては、これまでに多くの目鑑橋が造られ、
そのうちには年月（としつき）を経たものもあるが、
崩れた例は無いのでこれも心配はなく、
また、並外れた荷重を輪石に掛けたなら別ですが、
先程述べたように砥用の橋よりは軽いことになっているので、
普通の目鑑橋と同様です。
継ぎ手のことですが、
石垣の構造上、地震などで沈む心配は無く、
たとえ沈んでも二、三寸で、継ぎ手の漆喰の穴は予備があるので、
四人でかかれば一日で済むので

たとえ二十箇所やられても八十人で修復できます。
継ぎ手の間が空きすぎたときなどの場合も、
長短の予備が沢山おいてあるので、簡単に交換できます。
通水中に万が一、続けて二度の地震にあったときでも、
古い漆喰を除く作業も入れて、
一継四人掛かりで二日で修復できるから、
田が干されてしまうことはありません。

二つ目は、予算が大きいので見積もり違いは無いか。
不足分が出ても藩は出せない。

三つ目は、井手が一万六千間もあるが、
上畝（じょうせ）が出来る利の良い井手筋は、村の出夫で賄えるか。
四つ目は、四十ニ町の田を開くと言うが、徳米の上納が見合うように
五つ目は工事が完成してから、万一、水不足や上畝開きが
予定どうりいかない場合、約束の返済が出来ないときはどうするか。

六つ目は、現状の村の田、これから開く田、
またそれは壱竈（ひとかまど）当たりどれだけになるか。
七つ目は、村出夫は、どのような仕事に割り当てられているのか。
八つ目は、新しい井出に引く水と、前よりある古田（こた）との
水の分配について心配が起こらないか。
九つ目は、将来土地の地味（ちみ）が良くなった時には、
徳米の上納を増やすことが出来るか。
十番目は、井手に使った面積の、田畑の償い米はどうするのか。
十一番目は、井手が出来た後の、
管理や修復の費用はどうするつもりか。
十二番目は、空き地や山などを田にしたとき、

竹や木、それに家畜用などの草地に困るようなことは無いか。
以上の十二のお問い合わせでございます。
その一つ一つに確かなご返答をお出しいたしたのですが、
普請許可のお達しは、仲々戴けなかったようで御座居ました。
六月、七月、八月も過ぎ、
秋も半ばの九月に入ります。

第二幕

第五場（夏早、秋風、雨、水害）
「板樋に替えれば許可が出るその場」

嘉永五年九月七日

場所　布田宅

キャスト
惣庄屋　　布田保之助
手附横目　　石坂禎之助
修築中惣豁　佐野一郎右衛門
保之助の妻　益
郡　代　　上妻半右衛門

―保之助宅の座敷　佐野一郎右衛門が座って広げた書類に目を通している。
　座布団が二つ、床の間側と、舞台奥。
益、茶菓を運んでくる。―

益　　お待たせ致しますね、佐野様。
旦那様は今、着替を致しております。
まもなく参りますので…。
どうぞ、冷えた茶でございます。
釣瓶（つるべ）に下げておいたのですよ。

まだ昼間はお暑うございますね。

佐野　雨が降りませぬな。
この様な年は、秋の長雨が心配です。

益　ほんに、先日、小原の庄屋様もそんなにお云いでした。
ごらん下さいな。茄子まで元気がないのですよ。

佐野　ほう、秋茄子ですな。
奥様がお手を掛けていらっしゃるのですか。

—保之助入って来ながら—

布田　益は何もしない。ただ食らうだけじゃ。
—益、笑いながら—

益　まっ、そんなこと。もう漬物を出してさしあげませぬから。

―玄関から禎之助の声がする。―

石坂の声　御免下さりませ。

益　ハーイ、ただ今。

―益、出迎かえに去る。―

益の声　いらっしゃいませ。佐野様、お待ちかねでございます。

―石坂、登場―

石坂　遅くなりました。杣方（そまかた）で山の事故がありまして、
井樋（いび）方まで駆り出されたらしく、
誰も集まらないのですよ。
結局、御談議は延べとなりました。

布田　御苦労でしたな。私も先程戻ったばかりです。
では、早速、始めましょうか。
―石坂、佐野、座に着く。益、茶を持ち、石坂に渡す。
―石坂、どうもと云って受け取り、美味そうに飲む。
　益、飲み終るのを待って湯呑を受取り退場。―

布田　石坂殿、如何でしたか。御郡方の御様子は。

石坂　はい。詰まる処を申しますと、
仲々に六ヶ敷（むつかし）いようで御座居ます。
四月に御座いました十二条の御問合わせの内、
ご審議で通らなかったのが、
やはり、石樋が重過ぎはしないかという事と、
それに村の夫役で御座居ました。
郡代様も、種々御説諭に及ばれたのですが、

石樋につきましても論拠が乏しいとの御結論だと聞きました。
ありていに申しますと、そんな重いものは危いということです。

布田　やはりそうですか。
先般、御郡代初め御郡方、私共連立ち、
砥用橋を見分して来ましたが、
御郡方の思惑は、惣体にその辺りにあるようでした。
卯一も、輪石の基本について種々お答えはしていましたが、
どうもあの方達の胸に治る様子ではなかったようです。

石坂　なにしろ、藩のおおかたは、
このご普請の見通しに疑いを持っている様子です。
このままでは許可が下りるとは到底思えない状況です。
しばらく、時を措いては如何なものでしょう。

佐野　これは、石坂様のお言葉とも思えませぬ。
十二か条のご下問には、私ども始め、庄屋どのたちが

あれほど論議を重ねてお答えに及んだではありませぬか。

石坂　それは分かっておる。が、漆喰で繋いだ石の樋を石の橋の上に通すこと自体が、藩から見れば無理があるのだ。

佐野　その件につきましては、重々心配は無いと特に申し添えて御座いました。石坂様もよくご存知のはずです。

石坂　重々心配が無いと申す事と、心配が無いこととは違う。

佐野　それは如何なることでございますか。聞き捨てなりませぬ。

石坂　元より聞き捨てできるようなことではない。藩の中にも目利きは居る。橋の仕法にしてもあれだけの重さを支えきれる橋脚ではないと言っているものも居った。

佐野　そのようなことを。
あれほど理を尽くしたお答えをしても分からないとは
一体どのように言えばよいというのですか。

石坂　それに、石樋のつなぎも、長い時に耐えるとは言い切れぬ。
今のところでは、たれも請合える状況ではなかろう。

佐野　それは至極当たり前のことでございましょう。
それなればこそあのように研究しているのではないのですか。
石坂様は一体、このご普請に反対なのですか。

石坂　お主こそ聞き捨てならぬことを口にするな。
このご普請はこれまでのご普請とは異なる。
橋が掛かって、水が通らぬならば失敗では済まぬのだぞ。

佐野　言われるまでも御座いません。分かっています。

石坂　分かっては居らぬ。
手永というても広い。人の心もさまざまだ。
五老ヶ滝の試みが失敗に終わったとき、
手永中が皆無念と思ったのではないぞ。
口さがない者どもも居るのだ。

佐野　それはどうゆう事ですか。

石坂　出来るかどうか分からないご普請に
夫役に駆り出されるのはごめんだと言う声もある。

佐野　なんと言うことを。怪しからぬ。
このご普請を人事のように思うなどと
そのようなものはきつくお咎めください。

石坂　咎めれば、口に出さなくなるだけだ。
要は万が一にも失敗は無きよう
手立てを整えることが肝要だと言っているのだ。

佐野　それはそうかも知れませぬが、
私には、どうしても納得できませぬ。
惣庄屋様はどう思われますか。

布田　うむ……石坂殿。

石坂　はい。

布田　先日石坂殿は、轟川より見上げたあの岸上を、
如何様にご覧になられましたか。

石坂　左様でございますな。
両岸の上は余りにも高く、その間は遠く思えました。

布田　今、私たちは、その天空に橋をかけ渡そうとしているのです。

佐野　そうですよ。このようなことは、
何人も思いもかけなかったことで御座居ますよ。

布田　今、石坂殿が言われたことは、まことにもっともなことです
されど、もっともなことだけを重ねても、
思いもかけぬような橋は掛かりませぬ。

石坂　と申されますと。

布田　この橋は、何よりも先ず、
手永中の心が一つにならねば架かりませぬ。
確かに今、村人のこころはさまざまで御座居ましょう。
石坂殿が言われたように、咎めても人は変わることは無い。
こころには心をもって諭すことです。

佐野　こころには、心をもってですか。

布田　そうだ。もしこのご普請のお許しを戴いた時。
この普請の丁場で働く大勢の職人や村人たちが
誇りをもって日々仕事が出来るように
支え励ましてくれと諭し頼むことじゃ。

石坂　支え励ますようにと・・。

—石坂、深くうなずく。—

布田　同じ矢部の手永に暮らしていながら、
水に苦しむ南手の村人がいる。
その村々に、手永中がこころを一つにして
橋をかけ、水を送ることが出来たならば、
己が石工や、大工でなく、また丁場で働きはしなくともこころを合わせたという事だけで生涯の誇りとなりましょう。
そう思いませぬか。
事の手立ての成るならぬは、その後のことと思いますが。

石坂　分かりました。手永中のこころに橋が掛かれば、
必ずや郡方へも橋が掛かりましょう。
ただいまより、私も心新たにしてお勤めをさせて頂きます。

佐野　さすが石坂様ですね。先程の失礼をどうかお許しください。

石坂　揶揄うでないぞ佐野。私も声をあげて済まなかった。

—玄関で益と客の声—

益の声　どうぞ、お通り下さいませ。
佐野様と石坂様がお見えで御座居ます。

―「通るぞ」と上妻の声。
　三人、玄関の方を見る。
　　上妻大股で入って来る。―

布田　これは郡代様、お知らせも無くおいでなさいまして、
　ささ、どうぞこちらへ。

―保之助、自分の座を空ける。
　益、座布団を持ち保之助の座に敷き替えて退場。―

上妻　うむ、まだまだ暑いの。一寸上を脱（と）らせて貰うぞ。
　何、今日は忍びで来た。
　知らせればお主たちの手間を取らせると思うてな。

―羽織を脱ぎ、扇子を使う。―

上妻　これは又、会所の頭が揃って、何事を企んでおる。

—三人、座布団を外し、上妻に頭を下げる。—

石坂　人聞きの悪い事を仰せられます。
　　　企んではおりませぬ、困っております。

上妻　ほう、何を困っている。

布田　先日は、砥用橋の御見分、お役目御苦労様で御座居ました。

上妻　うむ、布田殿こそ忙しい折から御足労であった。
　　　で、何を困っておるのかな。樋のことか。

布田　いえ、樋だけの問題では御座居ませぬが…。
　　　今石坂殿から伺ったところでしたが、
　　　御郡方では、やはり石樋の重さが、
　　　差しさわりでございましょうか。

上妻　うむ、そのとおりなのだ。

—しばしの間—

上妻　布田殿。

布田　はい。

上妻　布田殿。樋を松板にせぬか。

布田　は？　いえ、とても松板では持ちこたえませせぬ。
それは上妻様もご存知のはずでは。

—佐野、石坂も驚く。—

上妻　布田殿、南手に水を移したいのであろう。

布田　はい、申す迄も御座居ませぬ。

上妻　ならば、困る事も、迷う事もない。
このお願が通らぬならば、水も通るまいぞ。
　樋は板に仕替るがよい。
なに、上が軽ければ、あれ達も異論はないのだ。
　橋も出来るだけ堅固にせい。
橋が仕上る迄はまだ間がある。
目鑑が堅固ならば又、石の樋にも替えられる。
もう、これ以上、事を遅らせては拙い。
今月の内に御普請願いに積帳をそえて、
　十月早々に差し出せるようにするがよい。
銭の事は後の事。儂が何とでも責は負う。
ただ、積り前の金は上げてはならぬぞ、
　又、兎や角（とやかく）唱える輩が出て来る。
とにかく、力を盡して水を南手の山に移すのだ。

よいな。
今年も又日照り、水を措（お）いて南手の干田を潤す事は出来ぬ。
石坂も佐野も布田殿を良く支えてくれ。頼んだぞ。

―三人、低頭―

―　暗　転　―

第五場　了

―ナレーション―　（第五場と六場の間　）

子供（12）　そして、嘉永五年十月、橋の輪石を十五間に広げ、
石の樋を松板の樋に替え、
その他事詳（こま）かに検討された積帳を添えて、
再びご普請の御願いが差出されました。
御郡代様の仰せの通りでございました。
十一月十六日、僅か一月たらずの内に、

御郡方からのお許しが出たので御座居ます。

第六場

「御普請の許可が出たぞの場」

嘉永五年十一月十六日

場所　矢部手永会所

キャスト

会所手代　高橋文治

会所添口（そえぐち）（添手代）　工藤宗次郎

会所下代（げだい）　佐野一郎右衛門

—南手新井手の、普請許可が出た手永会所内。

活気があり人の動きが多い。事務用の文机、書類棚など。

高橋文治と工藤宗次郎が、庄屋達への通達文書を作成中。

佐野が入って来る――

佐野　御普請御免のお達（たっし）が下りたとお聴き致しました。
　真実（まこと）で御座居ますか。

高橋　おう、佐野か。待っていたぞ。真実だ。
　四（よ）つの早飛脚で届いた。

佐野　宜しう御座居ましたな。
　惣庄屋様はお喜び致されたでしょう。

工藤　お喜び位ではなかった。すぐに庄屋たちに知らせろと言われ、
　早速、郡方にお礼に行かねばと云われて、
　今しがたお出掛けの用意をされにお戻りになられました。
　明日の早立ちでしょう。
　いや、その足どりの軽いことといったら。

高橋　添口殿、口が滑り始めたぞ。

工藤　いやこれは、私も、気持ちが明るくなりましたので、つい。

高橋　下代殿、早速だが手伝うて下され、
福良井手の要領でお願いします。

佐野　分りました。お達しの清書ですね。
庄屋殿たちもどんなに喜ぶことでしょう。

工藤　では一応お目を通して下さい。
私が一通り読み上げます。
初めは、お受書が必要な庄屋殿への分です。
ええと、長野村庄屋、志賀準平殿。
次に、畑村庄屋、甲斐源五右衛門殿。
新藤村庄屋、岩崎清藏殿。
小原（こわら）、田吉村庄屋、平右衛門殿。

ええ、白石、犬飼庄屋、宗兵衛殿。
それから、これは承知としてですが、
桐原村庄屋、下田藤十郎殿と
轟（とどろ）村庄屋、伝之助殿です。
次は、お達し文のみの庄屋殿です。本文を読み上げます。
其元儀、今度笹原川より南手立御普請おせつけられ候につき、
各懸中、御普請中、御用懸申付候条、
佐様相心得らるべく候
巳上（いじょう）　布田保之助
これは、十一月二十日付でお願いします。
入佐村庄屋の美濃部勝左衛門殿と、
笹原村庄屋の美濃部孫次郎殿には、
別にお達しを書いて下さい。
　本文も日附も同じです。
次は、津留村庄屋、藤九郎殿。
目丸庄屋、順藏殿。
菅（すげ）庄屋、利三郎殿。戻って来て、

桐原村庄屋、下田藤十郎殿。
終りが下市（しもいち）庄屋、新七殿。
これで庄屋殿へのお達しは都合十六通です。
桐原の下田殿は、受書分と重なっています。抜けてはいませんか。

佐野　大丈夫です。それにしても、日がありませんね。
もう半月で師走だし、年内に入札をするのでしょうか。

高橋　うむ、遅くとも来月の十日前後にはあるだろう。

佐野　受持ちも年内には決まるのでしょうか。

高橋　細部の詰めは、年明けだろう。
主な受持は内示が添えてある。教えようか。

佐野　私も入ってますか。

高橋　当然だ。

—書付を取出す。—

高橋　私と添口殿は御普請根受（ねうけ）で御入目銭受込みだ。
佐野は修築中惣豁だぞ。

工藤　それは、下代殿は大変な仕事を仰せつけられましたな。

佐野　私が修築中惣豁ですか。それは荷が勝ち過ぎですよ。
他に、どなたかおられませんか。

高橋　お主の他に誰が居る。考えてもみろ、
こんなにやり甲斐のある仕事は
生涯に二度とあるものではないぞ。
南手の山に水を移すなどという事は、
矢部手永にとっては、

奇跡と言っても言い過ぎではない夢の又夢であった。
惣庄屋殿がこの計画を出された時は、
御戯れかと思ったほどだ。

―佐野、遠くを見るように―

佐野　あれは、私が測量方見習の頃で御座居ました。
あれからちょうど十年になります。
南手の見廻りをしていたのです。
惣庄屋様と、赤星殿と、私めと…。
あの夏もひどい旱魃でした。
私が岩尾城のお櫓台から引かないと南手は潤いませんと、
　軽口を叩いたことが思い出されます。
子供達が呑水を運んでいました。
干割（ひわ）れの進むわずかな田と、
重い水桶をあたり前のように運んでゆく
　無邪気な子供達の後姿を見送りながら、

惣庄屋様は…。
私に、「岩尾の城の櫓と云うたの」と云われた。
今思えば惣庄屋様は、十年前のあの時から、
城山から南手に架ける水の橋の夢を
見続けておられたのでしょう。

工藤　夢から現実に引戻して申譯ないが、
私としましては、
御入目銭のお手当てが心配ですね。

―机中から一綴を取出す。―

これを見て下さい。
この二月の奉願書の御入目銭が
三百二十七貫ですよ。
この三百二十七貫は変わらないのに、目鑑橋の大きさが
十二間から十五間になっている。

これは大変なことです。
樋が石から板になって安くなったと云っても
六貫目ちょっとですよ。
これだけ大きさが違えば
一割や二割の入増では収まらないと思うのですが。

高橋　そうだな。間部様の云われるには、
やはり橋の入増がかなりになるだろうとの事であった。
とり合えず、仕立講と、官銭より拝借で賄う他なかろう。
郡方も橋の進み具合によっては、
　金を出し渋ることは目に見えているし。
しかし、今は、普請を仕遂げることが第一だ。
惣庄屋殿のことだ、正月は返上になるぞ。

工藤　無論のことです。
ご普請に掛かれるのは何時頃になるのでしょう。

佐野　木の下橋（したばし）に掛るのが来年の秋でしょう。
石の切出しを急いで、
水の出る前に根石を巻いておけば、仕事は出来ます。
下橋の木組を請け負う大工は腕の振いどころですね。
これだけの橋になると、輪石を乗せる木組を組む技量が
目鑑の生命を決めると石工頭が云っていました。
来春には、橋の姿が見えるように頑張らなければなりませんね。

―工藤、未来を見つめるように―

工藤　まことに御座ります。
これが出来たら、南手は変わりますね。
何かこう、熱くなります。

―三人、仕事について―

―　暗　転　―

第六場　了

—ナレーション—　（第六場と第七場の間　）

子供（13）　それからは、轟（とどろ）の川筋はまるで戦場でございました。
下名連石のお山からだそうでございますが、
見たこともないような大きな木材が切り出されて来ます。
川床の石を切出す為に、川の流れを変える堤が掘られました。
堅い、両岸の岩が刳（けずら）られて、橋の足台が出来ていきます。
石が次々と切り出され、岸の高い場所まで運ばれて行きます。

子供（14）　四月、いつもの年より早く大雨が降り、
心配していた洪水になりました。
低い岸に積まれていた木材や、
石切場で切り出したばかりの大きな石が
割れたり、滝の下まで落ちたりしました。
下橋の木組みに取り掛かる秋が目の前に迫ります。

第七場
「板樋を石樋に替えろの場」

嘉永六年八月五日　夕方

場所　上妻宅の座敷と庭先

キャスト
郡　代　　上妻半右衛門
惣庄屋　　布田保之助
上妻の妻

—保之助、座している。
座布団は脇に外してある。
上妻、手桶と柄杓を下げて庭の方より登場—

上妻　や、いつも待たせるの保之助。

—縁に腰を下ろす。—

布田　御郡代様には、いつもながら、御壮健の御様子、何よりに存じまする。

上妻　うむ、保之助も元気な様子、何よりじゃ。

布田　此の度は、鶴首（かくしゅ）を巡らせておりました御入目御銭の拝借の儀、お達し戴きまして誠に有難う御座居ました。厚く御礼申上げまする。

上妻　挨拶はその位でよい。もそっと此方に来い。

—保之助、縁近くに来て座りなおす。上妻、扇子を使う。—

うむ、此度は、儂も骨が折れた。
この頃は何処も此処も干拓で小田と野津が競いおる。
儂の隣も砂川新地が始った。
もともと銭の無い折に取り合いじゃ。
ここの御普請の入増も郡方まで聞こえておる。
中には、矢部の金という字には
屋根がございませぬな、などと、揶揄（からか）う輩もおる。

布田　御苦労を掛けて申訳御座居ませぬ。
この春に、御郡方の御出方の意向が思わしくないと
お聞き致しました折は、眠られぬ夜もありました。

上妻　さもあろう。あれには儂も随分とてこずったぞ。

布田　あの時は既に輪石は備えの分まで切出し終っていましたし、
三千間の上井手も半近く進んでおりました。
井手筋の村々は云うに及ばす、

手永中が競って石工の手助けや、
　井手堀の加勢（かせい）に励んでいます。
砥用の井手の前例もあり、
もし、御取畳みになるような事がありますれば、
　それまでの出費の損失のみならず、村々の志気は失せ、
手永の盛衰にも関る事で御座居ました。
誠に有難う御座居ました。

上妻　しかし、洪水が石を流したと聞いた時には、
流石の儂も案じたぞ。

布田　私もあの流れが、石切場まで来るとは、
思いの外で御座居ました。
滝下に落ちた石や割れた石、流れた木材の運搬等で
　三貫程の損分がでました。
大方の石は城山の根方に上げてありましたが、
　申譯ない事で御座居ました。

上妻　根石はどうであった。

布田　はい、やはり損壊がございました。
その教訓を踏え、根石を一廻り大きくしたようで御座います。
それから且てより、改めて割出しを頼み置きました。
鞘石垣の規矩合（きくあい）が決まりまして御座居ます。

上妻　お、佐様か、あれは誰が受持であったか。

布田　佐野一郎右衛門、石原平次郎、
それに石工卯一と大工惣十郎に御座居ます。
穴生（あのう）方や八代の岩永を初め所々の切込石工に尋ねましたが、良い答はなく、詰まる処、
此方で究める他はなかった様ですが、
見事なもので御座居ます。
熊本のお城の御矢倉台の形に仕上がると存じます。

——上妻立って庭に出る。盆栽に水を遣りながら——

上妻　大そうな高さになるが、石垣の腹が出るような事はないか。

布田　はい、それも釣石（つりいし）の仕法を佐野達が定めました。二十八ヶ所を予定しております。

上妻　どうやらかなりの入増になるの。

布田　はい、目鑑木橋でかれこれ二倍を超えるやも知れません。

上妻　なに、二倍を超えるか。金の手当は如何する積りだ。会所の官銭はあるのか。

布田　さほどは御座居ません。この手当も大変でございます。会所の官銭は徳米の立替、不時の災害や不作時の手当などに備えるためのもの故、この御普請ばかりには使えませぬ。

会所からはとりあえず会計方より
三朱利息で百貫迄は拝借させて戴いて、
御家人寸志、大宮司殿や四手永の講銀、
それに庄屋役人達の加勢も願わねばなりません。

上妻　うむ、そうか。ならば、野尻、下田両人と、
馬見原の八田にも頼みおけ。儂からも話しておく。
いよいよの時は、永代（えいたい）扶持（ふち）上納という手もある。
さすれば、下橋には何時掛る。

布田　はい、予定通り、
十月の中半には下橋の木組が始ります。
石の吟味や鞘石垣が思いの外手間が掛るものと存じますので、
下橋の取除きは、春水過ぎて卯月に掛るやも知れませぬ。

上妻　うむ。四月になるか。
ところで、肝心の石樋の方は如何いたしておる。

布田　はい、それも漆喰と石との馴染みの仕法が
　　　ほぼ定ってきました故、先ずは安堵いたしました。
　　　とはいえ、漆喰の硬さがまだ石の硬さに及びません。
　　　水が通りますには、更に三月が必要かと存じまする。

上妻　そうか、ならば、早めに板樋を石樋に戻す
　　　積替の願を出さねばなるまいな。

布田　はい。されど、石樋に戻すお許しがかなうでしょうか。

　　　―上妻、柄杓を手桶に戻し、扇子を開け閉じし考えている。
　　　　庭から手まりが上妻の足元に転がってくる。
　　　　　続いて童が追ってくる。―

童　　お祖父様、鞠を止めてくだされ　とめてくだされ。

　　　―上妻鞠を受け、童に渡しながら膝に抱き上げる。

童二人駆けてきて抱かれている童を見、
立ち止まり手招きをする。—

童たち　千佳様おいで…。

—上妻、童の頭を撫ぜ、膝から下ろし、
童たちのほうに優しく押し遣る。
童たち手をつなぎ、去る。—

布田　……。

上妻　よし、ならば師走にせい。
それも中半過ぎの気忙（きぜわ）しい時がよい。
御郡方も年明けまでお達しを延すことはせぬ。
それ迄に、確か白川よりお花畑のお屋敷に引き込んである
板樋に水漏れしている所があると聞いた。
早急に郡方と見分でもしてこようぞ。

さすれば板ではもたぬと考え直すであろう。

布田　そのようなところが御座いますか。それは妙案。
さすが上妻様で御座います。

上妻　おぬしはすぐ儂を煽てる。
儂の姓は　さすがこうずま　ではない。唯の上妻じゃ。
よし、これで段取の山は七分方登った。
保之助、これからは、お主の仕事じゃ。
銭の苦労はあろうが、見事な目鑑が掛るのが楽しみだぞ。

布田　有難うございます。これで目の前が明るくなりました。
来春には、必ず橋掛までは仕遂げまする。

—妻女、茶を運んで来る。—

妻女　お話が弾みますね。でも、布田様は、いつも、お仕事の
お話ばかりのようで御座居ますね。

上妻　それはそうだ。布田殿から仕事を取り上げたら、鍋の蓋にもならぬ。

妻女　御冗談が過ぎますよ。旦那様も、少しお見習いになられたら如何ですか。

上妻　儂か、儂が仕事の話ばかりしていたら、お前が逃げ出すであろうが。

妻女　そんな事は御座居ません。見直して差上げます。

布田　奥様、私も、他のお話は致しまする。

上妻　それ、見ろ。

妻女　左様で御座居ますか。それでは、布田様。春先のお天気のよい日、川の辺を奥様とお散歩なされたら、何のお話を致します？

布田　それは…、それは、梅雨になり、井手の崩れは出ないかと…。

妻女　ホホ、そら、ごらんなさい。やはりお仕事。
旦那様ならどうします。

上妻　儂か、儂なら、お前に、手をつなごうか、と云う。

妻女　布田様、これで御座居ますよ。お話にならないのです。
布田様は、今夜お泊りでしょう。

布田　はい、いつもの宿を。

妻女　—上妻に—
では、御酒（ごしゅ）をお出し致しましょうか。
今朝、遠藤様に、あら蝦蛄（じゃく）を戴きました。

美味そうで御座居ますよ。

上妻　そうか、それはよい。保之助、今日はゆるりとせい。

布田　はあ、しかし明日が早いので、今日のところは、これで…。

上妻　よいではないか。内があのように申しておる。帰れば、又戦いであろう。よし、酒を出せ。これからの話もまだある。

布田　は。

—妻女、保之助の表情　を見て、笑いながら—

妻女　はい、それでは。

— 暗　転 —

第七場　了

——ナレーション——　（　第七場と第八場の間　）

子供（15）　木組みの台橋（だいばし）が円を描くようになると、
まるで縁をとるように綺麗に輪石が乗せられていきます。
その石や材木を上に上げる道も又、木で組上げていくのです。
大勢の大工や石工や村人がまるで蟻のように仂いています。

子供（16）　台橋は数百本の丸太の林です。
木槌の音、石鑿（のみ）の音、鋸の音、
大声で交される指図。大きな石を引き上げるかくら巻の軋（きし）
み。鞘（さや）石垣も日に日に積まれていきます。

子供（17）　秋の日差しが注ぐ台橋の上に、雨の石切場の中に、
いつも布田様のお姿が見られました。
心魂を尽くしたそのお働き振りは、
普請場の志気を奮い立たせただけでなく、
手永内の人々の尊敬を集め、橋は高く高く立上っていきました。

第八場　（下橋取除きの日）
「水が来ますの場」

嘉永七年三月

場所　目鑑橋吹上口、御普請小屋の前

キャスト
惣庄屋　布田保之助
郡　代　上妻半右衛門
修営惣豁　佐野一郎右衛門
手付横目　石坂禎之助
石工頭　卯一
台築（だいちく）番匠頭（ばんしょうがしら）　茂助
村人　多数
老婆　みの
その息子　儀助

—吹上口付近。上手後に普請小屋。
床几が五脚、中央寄りや、下手寄りに置いてある。
上手寄りに奥から手前右寄りに、斜めに縄が張ってある。
縄を境に上手に村人が集まっている。
石坂、村人が縄を押すので、時折、制止に務める。
下手が目鑑橋。—

—下手より保之助、上妻半右衛門登場。
保之助右手に指揮棒を持っている。
佐野一郎右衛門、やや後れて卯一登場。—

—布田、石坂に向って—

布田　御苦労様です。
石坂　ご苦労様です。しかし、下橋取除きに、
　これ程人が寄るとは思いませんでした。

　――村人、一人が頭を下げるとそれに習い
　　一斉に腰を屈め、頭を下げる。――

佐野　手永中が力を合わせた御普請です。
　　　誰が広めたというのでなくても、
　　　今日だけは見届けたいのでしょう。
　　　橋の上から見ると、川上も川下も人だかりで、
　　　皆、上を向いている。
　　　まるで蕗の薹（ふきのとう）が咲いているようですよ。

上妻　いやいや。
　　　儂（わし）もこれ程の橋の下橋を除くのを見るのは始めてじゃ。
　　　砥用の橋のときは、儂は未だ菊池であった。
　　　しかし方三尺の石樋というものは頼りげに見えるものだな。
　　　石共が、各々生き物のように組合うて居る。

布田　はい。お蔭を持ちまして、

石樋は三流（みながれ）無事に据置くことが出来ました。
もう一息でございますが、
水は吹上げまでは参ります。
今、大工共を定所に着かせております。
間もなく合図になりましょう。

―卯一に―

佐野　丈八は下か。
卯一　はい。丈八は落込（おとしこ）みの下で控えております。
此方の下は甚平でございます。
番匠頭は未だ差配をしておるようです。
布田　では儂は仕舞をして参る。
郡代様、私は衣服を整えて参ります。

―保之助、普請小屋に入る。―

上妻　禎之助、下橋を外すときには、いかい音がするそうだな。

石坂　それが、私も聴いた事がないので御座居ます。
これだけの石が、一勢に折合をつけるのですから、
どんな音がするので御座居ましょう。

佐野　　―卯一に―
頭、どのような音がするのだ。ガラガラという音か。

卯一　滅相も御座居ません。
それは石の崩れる音で御座居ませんか。
石の結び合う音は、短く、鋭く、熱い音で御座居ます。
いや‥音‥では無いので、口ではうまく申上げられません。
御自分のお体でお確かめ下さい。

上妻　体で確かめろというのか、うむ、そうか分った。

―保之助、正装で小屋から出てくる。
皆その姿を見て、姿勢を正す。
上妻「うむ」と頷く。村人、ざわめきを止める。―

布田　上妻様、では行って参ります。

上妻　行って参りますと？　お主は何処（いずこ）で検分するのだ。

布田　橋の合わせ目に要石（かなめいし）が御座居ます。
　私は、そこで見届けまする。

石坂　惣庄屋様には初めより、検分の場所を橋の上と定めて
　おられましたのです。

佐野　私は、やはり此処から検分された方が良いと存じますが。

布田　何故かな、一郎右衛門。

佐野　いや、ただ万ヶ一のことがありますればと存じまして。
布田　万ヶ一のことなど有りよう筈はない。
儂は、卯一や丈八や茂助を信じている。
ましてや、そなた達を初め、
　この橋に心血を注いでくれた
幾千の仂人（はたらきびと）達の祈念があるではないか。
　儂が今、この橋の要（かなめ）に座するのは、
この橋が不首尾に終わることがあったときの
己（おのれ）の責（せめ）の故などではない。
この橋が、木組の力を借りず、己のみの力で、
己自身と、南手に運ぶ水の重さを背負って
まさに立ち上がるその際に、
　衿を正して立ち合わねばならぬと思うからじゃ。

―保之助、郡代に一礼し、番匠頭とともに橋に向い下手に去る。
卯一、一礼して後を追い退場。

一同、下手に目を移し、息を呑む。――

――ややあって――

番匠頭の声　下橋外し、始め！

――おうという声、引鋸の音、続いて木槌の音、
木の軋む音に続いて鋭い音が響き周囲に谺する。
ややあって、ワーッと橋の下から歓声が上る。
次第に波のようなどよめきに替る。
舞台の村人達も喜びを交している。――

上妻　うむ、見事、事無く眼鑑橋が掛ったようだな。

――木槌の音が聞えてくる。――
音が止むとややあって保之助、早足で戻って来る。――

布田　水が参ります。

——一同、吹上口を凝視する。
村人、縄が切れるように押し寄る。
やがて水の上る音、ザーット吹き上り流れ出す音、
上妻「おお」と云って身を乗り出す。
石坂、佐野、感動の声をあげ、水の流れを見送る。
一人の農夫が老婆を背負って、縄の中に入ろうとする。
村人、止めようとするが、保之助、手で許しの動作をする。
農夫、井手際により、老婆を背から下すと、
井手際に寄り、しばらく水の流れを見つめるが、
屈んで一掬いの水を運び、老婆に差出す。
老婆、しばらく無言でその水を見つめてるが、
やがて震える手で農夫の手と共に押戴き、
農夫の顔を見上げて「水」と呟く。皆老婆を凝視する。
保之助老婆に近づき、膝を折り老婆の手の下に
自分の手を添え、水を呑ませる。
老婆保之助を見上げ、じっと保之助を見つめるが

やがて、驚愕と感動が体に溢れ
縋るように手を押し戴く。
村人地に手をつき口々に礼を言う。
未だ治まらぬ歓声とどよめきがｕｐして

― 暗 転 ―

第八場 了

―ナレーション―（第八場と第九場の間）

子供(21) 南手の村に水が来ました。
笹原川の磧（せき）から六千百四十間の井手を流れて、
轟川に懸る夢の石橋を渡って…。
南手の村々に水が希望を運びます。

子供(22) 小原（こわら）村、田吉村、長野村、犬飼村、
新藤、小ヶ蔵、白石、愛藤寺、水は村人の求めに従いながら

田を潤し水車を回し、南手の大地を下ります。

子供（23）　思えば十三年前、あの愛藤寺の道を、
水桶の重さに耐えながら、
明るく呑水を運んだあの子供たちは今、
どんな運命を生きているのでしょう。

子供（24）　下（した）井手の工事は、今が盛り、
一万間に及ぶ井手を作り終えて、
安政二年は暮れ行き、明ければ、安政三年のお正月です。

第九場
「通潤橋命名の場」

安政三年辰正月七日
場所　奉行真野源之助の屋敷

キャスト
奉　行　真野源之助
郡　代　上妻半右衛門
惣庄屋　布田保之助
手付横目　石坂禎之助
真野の妻

—上妻、布田、石坂、床に向って正座している。—

—真野源之助登場—

—三人手をつき、低頭、真野床を背に座に着く。—

上妻　改めまして、御奉行様には、
明けまして、お目出度う御座居ます る。

—三人、平伏辞儀をする。—

真野　新年（あらたま）の挨拶は、奉行所で済ませた。
もうよい。頭を上げよ。

三人　ははっ。
　　―頭を上げる。―

真野　宿で粥が出たか、保之助。

布田　は？いいえ。
　　―真野、手を叩く。はい唯今と上手で声、ややあって、
　　　真野の妻女登場。―

妻女　御用で御座居ますか。

真野　粥は未だあるか。

妻女　七種（ななくさ）でございますか、はい、
　夕方お百姓さまも大勢見えられるので、
　五助がたんと摘んで来てくれました。
　いつでも作って差上げられます。

真野　後ほど、この者達に振舞うてくれ。
　宿では馳走せなんだそうな。

妻女　かしこまりました。

—妻女、退場—

真野　朝食の後、半刻程、駒を責めた。なに、門前でじゃ。
　正月は酒が多い。体がなまってしまう。
　半右衛門は何をしておった。

上妻　は、ま、同じようなもので御座居ます。

真野　石坂は保之助と一緒で正月返上でなかったか。

石坂　はい。私は布田殿と
下井手筋の田開（たびらき）の様子を見廻りましたが、
高橋を初め、会所の銀方は南手の御普請の仮算用に
年の瀬迄追われておりました。

―真野、保之助に向って―

真野　上妻郡代の後を引き受けた横田も戸惑うておるのではないか。
なにせ半右衛門の跡では、後始末が大仕事であろうからの。

布田　いえ、横田様には、何事につけ、御目を掛けて戴いております。

真野　目を掛けているのではなく、どう致し方もないのであろう、
のう半右衛門。

上妻　　いや、申訳御座居ません。
御奉行には一方ならぬご配慮を頂き、
　まことに有難う御座いました。
私も矢部手永では良いお仕事に関らせて戴きました。
しかし、昨日のように思い起します。
あの八月晦の渡初（わたりぞめ）の朝、
御奉行が、見事と云われた時には、
私も、改めて橋の佇いを眺めました。
誠に見事な目鑑橋で御座居ました。
立派に仕事を仕上げた石工卯一や、
九十の齢（よわい）を超えた、新藤の新兵衛や、
　白石の円助の母親が、
曲がった背を懸命に伸しながら渡る姿を見て、
　瞼が熱くなりました。
水の乏しい九十年の月日は短いものではない。
　耐え難い苦労の年月であったでありましょう。
その老いた背を見詰（みつめ）る

布田殿の眼に熱く光るものを見た時、
布田殿にとって、
村々の苦しみはそのまま我が苦しみであったのだなと
心底から思い入りました。
思えばまことによき日々で御座いました。

石坂　そうですね、南手は生れ変りますよ。
私は今でも、吹上げの水を押し戴くように、
息子の手から呑んでいたあの母親の
手の震えが目に浮びます。
今まで井手筋のお仕事も、随分やらせて戴きましたが、
あのように水の有難さを知らされた情景には出合いませんでした。
布田殿は、矢部手永の神佛ですね。

真野　いや、保之助は、神でも仏でもない。
神ならば、恵みもすれば奪いもする。
幸いも齎（もたら）せば、災いも齎す。

この男は、南手に幸いや、恵みを与えこそすれ、
　奪うことや災いを為したことはない。
父上市平次殿や叔父上太郎右衛門殿の志を
　これ程正しく受継いだ者を儂は且て知らぬ。
惣庄屋のお務めを預り、
　矢部手永の民の安寧の為に励んだ年月は、
武士にも稀な人の鑑。
南手に掛けたあの目鑑橋の如く見事じゃ。

布田　とんでも御座居ませぬ。
惣庄屋として当り前のことを為しているだけのこと。
　身に余るお言葉です。
振り返りますれば、
お奉行様に初めてお会い致しましたのは、
　時習館で御座居ました。
厳しいお教えで、間違いは少さき事でも
　しかとお正しになられましたこと、

昨日のごとく思い起こされまする。
上益城郡代様として、御教導戴きましたのは、
私が三十三の折でございました。
「民の苦しみがなければ政（まつりごと）は天の道にある」との
惣庄屋の心構え、ひと時も忘れぬよう、
常に肝に命じてまいりました。

真野　平右衛門もよく保之助を助けてくれた。
お主がなければ、あの橋も今日の保之助もなかったであろう。
郡代の立場を善く弁えながら、情厚き心配りと仂き、
委細は禎之助より聞き及んでいた。
厚く礼を云うぞ。

上妻　そのように、御奉行、困ります。
私はただ布田殿の上役であっただけ、
至極あたりまえのことでござる。

ああ、目に何か入った。
—目を頻りに拭う。—

石坂　お奉行、私にもお誉めの言葉を下さい。

—真野、笑って—

真野　禎之助は誰が誉める言葉よりも、
はるかに大切なことを
保之助から貰ったのではないか。
お主も、いつかは惣庄屋のお務めを戴くやも知れぬ。
その折は、人の上に立つ者の難しさに、
否応なしに向き合わねばならぬ。
この御普請を通してお主が受取った数々の宝の種子、
しっかと育てて、その折に役立てるがよい。
南手の村々の田開きはこれからであろう。
せいぜい励むがよいぞ。

石坂　左様で御座居ました。今のお言葉、禎之助、肝に命じてお受け致します。

真野　うむ、頼んだぞ。

　　―真野　床の間に置いてあった文箱より
　　　一枚の書を取り出す。―

真野　頼まれておった、目鑑橋の名を考えて置いた。これでどうだ。

上妻　これは、有難う御座居ます。布田どの、お受けいたせ。

布田　ははっ

　　―保之助、真野より書を受け、辞儀をして戻り書を開き目を通す。―

布田　読み上げさせて頂いて宜しう御座居ますか

真野　うむ。

布田　澤山下ニ在リテ、其ノ気上ニ通ズ、潤ヒ草木百物ニ及ボス。
通潤橋。…通潤橋。
有難う御座居ます。又とない良い名前をつけて戴きました。
早速石碑に刻ませて戴きます。

―上妻、石坂、書を廻し、頷きながら読む。―
真野の妻女、待女と共に粥の膳を運んで来る。―

妻女　ささ、粥が出来ました。
―膳を整え終わって―
これで今年も、無病息災　間違いなし、

今年も御健勝でお励みください。
旦那様も、召し上るでしょう。

真野　うむ、儂も貰おう。

―保之助、真野より書簡を受け取り、丁寧に納める。―

―上妻、保之助、石坂、各々
これは忝けない、うむ美味そうだ。
や、酒もあるぞ、これはお屠蘇です等と、
寛いだ雰囲気の中で―

―　音　楽　―

第二幕　了

―ナレーション―　（　第九場と第十場の間　）

女性　御奉行真野源之助様から、お名前を戴きました通潤橋。
その肩に背負った三筋の石の樋に、七年の年月が流れました。
お約束の四十町の田開きのおおかたを果たされた布田様は、
文久元年十月、ご子息弥門様に御惣庄屋をお譲りになり、
南手の下、緑川の岸辺の津留と申しますところに
お住まいを移し、ご隠居なされたので御座います。

雪模様の大晦日、奥様は、お正月のお飾りをなさりながら、
早朝より会所にお出かけになられました布田様のお帰りを
お待ちいたします。

第　三　幕　エピローグ

文久元年大晦日

場所　津留の隠居宅

益

キャスト
嶋　一葦　（布田保之助）
妻女　　　益
会所役人　赤星右之助

音楽

—部屋に火鉢
益、正月の華を活けている。
時々、聞き耳を立て、戸口の方を伺い、立って外を見る。
やがて、人の気配。戸口から保之助帰宅。
会所の役人を伴っている。
両人、簑、笠を脱り、雪を払う。—

益　お帰りなさいませ。お疲れでございました。
先程からひとしきり雪が舞いましたので心配して居りましたが…。

保之助　うむ。途中から風交じりになりおったので案じたが、
　今は止んでおる。
　右之助が供をしてくれたので助かった。
　礼を言うてくれい。

益　それはそれは、赤星様。有難うございました。
　どうぞお上がりになってくださいまし。
　熱いお茶をお入れ致しましょう。

赤星　いえ、どうぞお構いなく。又雪が来ない内に戻ります。
　堂の上でお見かけいたしました時は、
　ちょうど雪が強う御座いましたので。
　まだ八つ過ぎというのに、道が暗く見えました。
　それではこれで失礼いたします。
　どうぞ、良いお年をお迎えください。

益　左様で御座いますか。ではお引止めいたしません。

お足元御気を付けてお戻りください。
赤星様も良いお正月をお迎えくださいませ。

保之助　世話になったの。心して帰るが良い。
明けて又会おうぞ。

―赤星、重ねて頭を下げて去る。
益、保之助の脇差を受け取り、
羽織を脱がせ、用意してあった綿入れを着せ、
行灯に火打ちを使って灯を点け、
書架と共に火鉢の脇に寄せる。
保之助、書を書架に乗せ、座る。
益、火鉢に掛けてあった鉄瓶を釜置に移し
炭を立て直す。
湯呑をとり、白湯を注ぎ、保之助に勧める。―

益　弥門は元気にしておりましたか。

保之助　元気だ。惣庄屋というてもまだ二月足らずじゃ。
　これからは企てることも、断ずることも執り行うことも
　全て己が責めを負う事になる。
益　弥門にそのようなお勤めが出来ますでしょうか。
保之助　うむ。弥門は儂とは気質が違う。
　あれはあれで又、何か新しい仕事を考えているようだ。
　何、案ずることはない。もう四十を超えているのだ。
益　左様でございますね。そう考えることに致しましょう。
　　―益、羽織など周りの片付けをする。
　　　保之助　書を広げ見入る。
　　　益、火鉢を挟んで座り、しばしの沈黙。―
益　年が暮れますね・・・今日は瀬のながれも静かですこと。

保之助　うむ…

　　——保之助、書より目を離し炭火を見つめている。——

益　何をご思案なされておいでですか？

保之助　…益には、長い苦労を掛けたの。

益　そんなことをお考えですか…。
　私はただ旦那さまを見上げながら
　　お添い申し上げてきましたから。
　苦労などとは思いもしませんでした。
　…ただ…。

保之助　ただ、なんじゃ。

益　それは…、どう申し上げてよいやら…。

旦那様は今でも南手のお水のことをお考えでしょう。

保之助　それは、南手に限ったことではない。
このような山間の手永では
何よりも水の利が無くては小前の生計が立たぬ。
その思いは、片時も儂から離れたことは無い。
ただ南手は儂の最後のご奉公じゃによって、
今になって感慨もまた一つ深いものがある。

益　本当に大変なお仕事でございましたね。
今でもあのころの旦那様のお姿は眼に浮かびます。
この津留の地をお住まいになさいましたのも、
ここが南手の水の果てだからでございましょう。

保之助　うむ。それもあるが、
何時までも会所の世話焼きをしているわけには行かぬ。
それに、戻りが上りではしんどいのでな。はは・。

益　ほんにさようでございますね　ホホ。
それに実家の兄が申しておりました。
保之助殿はあの目鑑橋を掛けたのも並大抵ではないが、
　あのような入増しの用立てが出来た手腕も
並で出来るものではないと。

保之助　金は儂が用立てたのではない。
皆が心を寄せてくれたから出来たことじゃ。
あの折はそなたの兄弥左衛門殿や甥御の作左衛門殿にも
　たいそうなお力添えを戴いた。

益　大したお役にも立てませんでしたものを、そのように・・・。
兄の申すのには、
このご時世に惣庄屋の仕事は広い。
布田殿の器量や人のつながりをもってすれば
大きな登用も望めたであろうにと、
　そして、布田殿が手永の小前に掛けた想いは常人ではない。

何があのようにあの男を動かしているのかが慮れぬと。
私も、今までそのようなことを考えたこともございませんでした。
私はただ旦那様が手永のお百姓の難儀をお救いするために
惣庄屋のお仕事をお励みなさっていらっしゃると
信じておりましたので。
私が、先程、「ただ」と申し上げたのはそのことでした。

保之助　益。

益　はい。

保之助　この日の本の国の石高（こくだか）はいかほどじゃ。

益　はい？

保之助　恐れ多くも徳川八百万石といい、
我が細川藩五十四万石という。

がそもそも一国一領の権勢を誇示する石（こく）とはなにか。
一石は一斗に支えられ一斗は一升に一升は一合に支えられる。
さすれば一合は何によって支えられようぞ。

益　一合は…。

保之助　一合は分米（ぶまい）の籾一粒（いちりゅう）一粒によって
支えられるのであろう。

益　……。

保之助　その米の一粒は…。

益　お百姓の汗の一粒（つぶ）でございましょう。

保之助　その通りだ。
石（こく）の上に座するものは、権力のみではない。

御家人といい、商人といい、地主といえど、
位あるものは、畢竟その汗を見下（みお）ろすところにある。
惣庄屋とても同じこと。
じゃが儂はそれの是非を問うているのではない。
世の中の役回りと思えばそれはそれなりの道理も成り立とう。

益　…。

保之助　儂はあの子供たちに十年後の約定をしたのじゃ。

益　あの子達とは…どこのお子でございます？

保之助　南手ご普請の御願いをお出しいたす十年程前になる。
愛藤寺の路傍で水桶を担っていた子らに会うた。
赤星が、所よく生まれて居れば、
十年後はよき百姓になろうものをと申した。
奉公や身売りなどしなくても済むと話したのだ。
所よく生まれて居れば…。

あのとき儂は何かが胸に落ちたような気がした。
生まれどころを選ぶことは誰にも出来ぬ。
あの子らは何故水もない村の小前の家に生まれたのであろう。
わしは何ゆえ惣庄屋の血縁(けちえん)を授かったのであろう。
益、如何じゃ。

益　そのようなこと、私にはわかりませぬ。
前世からのご縁ではございませぬか。

保之助　うむ・・・。じゃが、今は、
儂もお前も、あの小前達もこの世に生きている。
苦しみも悲しみも、楽しみも喜びも
全てこの世の出来事のほかではない。
あの者たちも儂も、身体髪膚(しんたいはっぷ)
何一つ、変わらぬ備えを天より授かっておる。が・・。
生まれどころが異なるというだけで、
其の生涯は天と地の隔たりがあるではないか。

益　本当に・・・。川一つ隔てても岸の此方（こなた）は極楽、
　かなたは地獄とも思えます。

保之助　其の幸せの隔たりを儂は何としても埋めねばならぬと思うた。
　南手を囲む三筋の川も、あの子等の生まれも
　　神仏のなせることに違いない。
　さすれば人は、人は何をなさねばならぬ。
　惣庄屋の儂になしうること。
　それはあの子等の住む岸に橋を掛け渡すこと、
　橋を掛けて、水を移せば、
　　極楽の風をいささかなりとも送ることが出来る。
　必ず　橋を　架ける。
　それが、儂の命があの子供たちに誓った十年後の約束なのじゃ。

益　旦那様。

保之助　神仏は故なくしてこの世に人を送ることはない。

益　人は皆、其のところ処において、
　神仏よりの言付（ことづ）かりがある。
　　じゃが…
　神仏の声は心の耳をとくと澄まさねば聞こえてはこぬ。
保之助　私にも、いえ私には聞こえますよ。
益　そうか、…聞こえるか。でなんと聞こえる?
保之助　はい、旦那様と睦まじゅう添い遂げて、
　来世もご一緒しなさいとお言いつけがありました。
益　そうか。うむ、そうか
　いやそれは重畳（ちょうじょう）。はは…。
保之助　それから…。

保之助　ん？　まだあるのか。

益　はい。それから、弥門にお父上の志を継がせなさいと。

保之助　そうか……。

―保之助、煙管を使う

益、炭火が小さくなっていることに気がついて炭を継ぐ―。

益　さ、それではお蕎麦の支度をいたしましょうか。

―立ち上がり、台所に向かう。保之助、背越に―

保之助　苦労を掛けた。

―益、立ち止まり、保之助に心をあずけ、そのまま縁近くによる。―

益　また雪が降ってまいりました。

—　音　楽　—

—益と保之助、
舞うように降り始めた雪に視線を遣る。
雪が舞い続ける。暫しの静寂……

行灯のほのかな明かりの中に
二人の姿が何時の間にかにシルエットに変わる。—

—音楽アップ

白紗の幕が静かに　静かに下りて、幕に映写

—布田保之助事跡のロールアップ

バックに笹原の堰より上井手、通潤橋、早苗の田に注ぐ水、
通潤橋名石碑　保之助、益の墓石、布田神社など
井手を流れる水、水のｕｐに保之助銅像を重ねて——

静かに

幕

了

南手新井手記録によせて。

この劇の底本となっている［南手新井手記録］は、当時の庄屋であった渡辺家（宗兵衛）が所蔵していたもので、平成六年、矢部町立図書館に移管されたものである。

本書は、矢部町古文書研究会会長の甲斐保明氏が、平成十三年十一月一日に解読を完了されており、図書館協議会の委員長である田上彰氏から紹介された。

内容は、矢部手永南地域の零落村救済の念い窮って起こした嘉永五年子閏二月の奉願覚えに始まり、明治元年十月、南手井手下村々の庄屋より布田市右衛門（弥門）宛の徳米上納の措置についての嘆願書に終わる百五通の、奉願書（工事申請書）や、お達し（許可書）、覚え書き（メモ）などが主なものである。凡例付きで、ほぼ時系列に綴じてあり、通潤橋架橋、上下井手工事の推移を概観することが出来る。

内容についての詳細は別の機会に述べることにして、架橋までの工事の流れを追ってみると、

＊　嘉永五年二月、南手の村々の窮状とこの普請の必要性を訴えた見積もり（あまり詳細とは言えないもの）付きの奉願書の提出。この時は石の樋で提出、目鑑輪石は十二間半円

＊　同年四月、藩より十二ヶ条のご下問（かなり厳しいもの）と、その回答。

しかし、そのまま藩からの許可は九月になっても下りて来ない。

＊　十月になって、石の樋を松板の樋に替えて、前回よりかなり詳細な見積もりを付けて再提出。目鑑輪石は十五間半円、橋脚は両岸の岩盤に変更。

＊　十一月十六日許可が下りる。但し、橋と吹上樋は、会所官銭で賄えとある。すぐに村庄屋たちに通達。

＊　嘉永六年二月、工事費用、三百二十一貫余　出方願いを提出（布田より上妻へ）

＊　仝　三月、上井手と橋と樋の分　百八十一貫余　再度出方願いを提出（会所役人三名および布田連名）

＊　四月十日に百貫目の郡からの出方許可

＊　この間に洪水で下橋用の材木や石材が損壊流出したものと思われる（安政二年仮算用）

＊　八月二日に残りの八十一貫余　出方許可（かなり特別の計らいであると強調）

＊　台風の時期などを避けて十月の初め頃に下橋構築に取り掛かる。（記録にはなし。）

＊　十二月、松板の樋を石の樋に仕替える、または石の樋を敷石代りにして松板樋を設置してもよいかと許可願いを提出。（松板樋の材料を用意した気配がない。）

＊　十二月二十日に許可が下りてしまう。

＊　この後、結局橋の費用は最初の見積もり九十三貫余りから三百五貫余りになってしまう。（嘉永七年の「恐れながら願い奉る覚え」）

＊　嘉永七年三月から四月の間に、下橋を除去する。（記録にはなし、前年の洪水の経験か

ら、この時期ではないかと推測。）

＊嘉永七年八月晦日　御奉行真野源之助、郡代上妻半右衛門、根取衆井上勝蔵他十人ほどが出席して渡り初め。男成上総、石工卯一、南手古老三夫婦など。

＊八月限をもって、上妻半右衛門転出。

＊九月十一日、上述の上井手、吹上橋と、下井手工事費及び板樋を石樋に仕替えた割増分の支払い通知が藩より新郡代蒲池太郎八に下る。

＊安政二年卯十二月のご普請用帳の仮算用の合計では七百四十一貫七百五十八匁六分九厘で、当初見積もりの三百二十七貫七百三十二匁九分の二倍強になり、この間、工事経費の調達に追われている記録が多く見られる。

＊安政三年辰正月、通潤橋の命名の書付が奉行真野源之助より渡される。

以上が架橋までのあらましの流れである。この後、下井手に関わる記録が続く。工事の進行状況、水車の設置願い、庄屋達との遣り取り、祭事のこと、朝起こしを三度されたものの懲罰加役（名前付きで三名）など、当時の村々の状況が克明に描写されている。

古文書には全く馴染みのない私にとって、慣れるまでは正確に文意を汲むことが容易ではなかった。上述の田上氏は又石井清喜氏や布田家の御子孫をも紹介してくれた。石井氏は厖大な細川家の公文書「町在」の中より、嶋一葦の名で埋もれていた通潤橋に関する最終報告書「御内意の覚え」など三綴りを世に出された史論家でもある。私は、この南手新井手記録に書かれている金銭に関わる数値が、「御内意の覚え」のそれと一致していることを確認した。通潤橋に関する資料の内、信頼できるものとして、布田保之助が残したといわれている「通潤橋仕法書」がある。現在の時点において、通潤橋に関して私の見る限りではあるが「南手新井手記録」、「御内意の覚え」、「通潤橋仕法書」が古文書の三種の神器に思える。この中に記された、矢部手永の南に位置する、水脈の断たれた台地の村々の田畑に奇跡の水を送り届けた一惣庄屋の灌漑事業は、彼が生涯を掛けて成し遂げた幾多の公共事業の頂点に輝いて見える。其の中に働き続ける布田保之助が私に教えてくれたものは、苛酷な封建農政末期下にありながら、田と水を農民の幸せの源と見据えて、多岐に亘る困難と闘いながら、政治と行政に命を燃やし尽くした一人の男の魂のあり方である。

この劇を書くに当たり、多くの方々のご好意、ご指導を仰いだ。解読をなさった甲斐保明氏を始め、林駿一先生、倉岡良友氏、飯星時春氏、山下市郎氏には貴重な時間と資料の提供を戴いた。又、石井清喜氏には、資料提供のみならず、劇の舞台美術に関する御協力も戴いた。心から感謝の意を表したい。

又、平成十三年に、通潤橋の補修工事を担当された尾上一哉氏には、架橋技術についての懇切なご指導ご意見を戴いた。教育委員会の方々にも多くの煩瑣な迷惑を掛けたのではなかろうかと思う。この場を借りて謝意とお詫びを申し上げる。

第一話として光を当てたのは表題の通りである。南手新井手記録はこの後もしばらく私と居をともにするだろう。田上彰氏にはご迷惑でも度々お付き合いを御願いしたいと勝手に思っている。これからも、文書と文書の間、又、行間を埋める多くの史実が発見されて、劇の内容を豊かにし、この物語のテーマが、より多くの現代に生きる人々の魂のあり方に善きなにものかを呈することが出来ることを願っている。

平成十六年九月

矢部町立図書館館長

前田　和興

新浄瑠璃人形劇

阿蘇の鼎灯

新人形浄瑠璃

阿蘇の鼎灯（ていとう）

登場人物

			適合頭
阿蘇惟光（あそこれてる）	阿蘇家大宮司	五歳	新作
阿蘇惟善（これよし）	惟光の弟	四歳	新作
惟種後室（これたねこうしつ）	惟光の母	廿三歳	新作
小宰相の局（こさいしょうのつぼね）	後室の侍女	廿五歳	新作
西越前守	阿蘇家家老	五十六歳	鬼一
柏治部少輔（かしわちぶしょうゆう）	阿蘇家家老	五十歳	大舅
北里周防守（すおうのかみ）	阿蘇家家臣	四十五歳	検非違使
西源兵衛	阿蘇家家臣	四十歳	大団七
坂梨彌吾助（やごすけ）	阿蘇家家臣	四十歳	
渡辺軍兵衛	阿蘇家家臣	五十歳	金時
高森伊豆守	阿蘇家家臣	五十歳	

侍頭　　　　惟前方家臣　　四十五歳

其の他侍　三名

濱の館　評定の間

〔畏くも、神の代にましますす神武天皇の御子阿蘇大明神建磐龍命の御血筋を戴く肥後の国阿蘇家一族は、七十四代阿蘇大宮司惟豊公の御時、矢部の濱の館に隆盛を極め、二十に余る支城を従え、

朝廷より官位従二位を授けられし名家なるに、天正の御世よりは、薩摩の勢い猛々しく、豊後大分の雄大友宗麟は、

キリシタン鳴り物入りの甲斐なく耳川の決戦に敗れ、筑前長崎の猛将龍造寺隆信は沖田畷の合戦にまさかの討ち死。

さしも隆盛を極めたる阿蘇大宮司惟豊公の世も移り、父惟種公若年二十四歳で薨り、智将甲斐宗運は逝き、

阿蘇家の権勢日ごとに衰微し、天正十三年閏八月、

阿蘇惟光公遂に島津の軍門に下る。

明けて戦国の世も末になりなんとする天正十四年、
大宮司を継ぎし惟光公当年僅か五歳、弟惟善君四歳にあらせらる。
ここにありて今まさに九州は島津義久の軍勢席巻(せっけん)の有様なり。」

登場人物

西越前守惟延(これのぶ)
柏治部少輔
北里周防守
西源兵衛

消え入るは阿蘇の煙か権勢か、筆頭家老の親英(ちかひで)は八代の城に送られて、
阿蘇家の中でただ一人、薩摩に靡(なび)かぬ高森城に、
和議を勧めに赴(おもむ)いた次席家老の仁田水と、

同じく家老の村山は虜となりて
残りたる家老はここに二人のみ。
柏の城主治部少輔、岩尾の家老西越前、
今日は館のお勤めに、ここは阿蘇家の正念場、
　ひざを進めて拳を固め今談合の最中なり。

柏治部　「越前守殿、何も臆することは無い。
　島津の筑後攻めは負け戦となろう。
　筑紫廣門と秋月や竜造寺の間は定まらず、
　筑前の立花城も詰まるところ落とすことはできなんだ。
　筑前築後はおろか、肥後の諸将の本心は、まだまだ島津の意の裡ではない。
　儂は薩摩の筑前、筑後の遠征は失敗に終わると見ておる。
　戦いが長引けば兵糧も将兵も余る力は無い筈。
　それに引き換え大友の義統殿は、羽柴秀吉殿に誼を繋ぎ、
　軍略に用いるようにと金十二箱を送られたと内々の報せもあった。

宗運殿が亡くなられてより、
わが阿蘇家にも事のほか心を寄せられておるではないか。
高森惟直殿囲いの城も島津再度の攻めにも屈せぬ要害
義統殿との誼も固い。
今こそ豊後と手組みをして島津に一泡吹かせようぞ」
と、薩摩勢の肥後の国蹂躙に、柏治部少輔歯噛みをすれば、

　西越前守しばし腕組みをして瞑目されけるが

西越前　待たれよ治部どの。島津の力は侮れるものではない。
あの耳川の戦いで、大友宗麟殿が敗れるなどとは誰が計れたであろう。
噂の如く、豊後が秀吉殿に泣きついたのであれば、
羽柴殿の出す和議の条件は島津が呑める様なものではない筈。
それがしは薩摩が筑前築後のみならず
　豊後まで攻め上るは必定と存ずる。
島津家には義久殿をはじめ
義弘殿、家久殿、歳久殿ご兄弟、

又上井(うわい)、町田、本田、鎌田、新納忠元(にいろただもと)殿の家来衆が居る。

何れも猛将の名に恥じない者ばかりじゃ。

今の阿蘇家にあの者たちに向かえる者がいかほど居ると申されるのじゃ。

居るまい。

それに島津殿へは服順(ふくじゅん)を約し五人の質人も送ってある。

大友方への内応(ないおう)を阻(はば)むため八代に留められている
　筆頭家老の親英殿も見殺しをすることになる。」

柏治部　「親英殿はなんとしても抜け出す手立てを考えねばなるまいが、
今は戦国の世じゃそれも止むを得まい。
宗運殿が申されていたように、この矢部の城は不落の要害。
塁を築き、堀を深く掘りなおして固めれば、
やすやすと攻め崩されることはない。
後ろには高千尾殿、直入(なおいり)の入田義實(にゅうたよしみ)殿、岡城の志賀殿、
いずれも義統殿と阿蘇が動けばわれらに味方しよう。
また小国には柴里どのが居る。
仁田水も村山も島津の手先として質人の駆け引きなどに出向いたからこそ

高森殿も誅罰したのじゃ」

西越前　「それは言葉が過ぎますぞ治部殿。
左衛門殿も丹後殿も、お家を思い和議の勧めに出向いたのではないか。
それに志賀殿は兎も角、高知尾三田井殿と入田殿は
どうも安心はならぬと存ずる。
それがしの聞くところでは、島津家久殿の働きかけに
既に内応して質人も出していると聞く」

柏治部　「何を言われるか、質人などはその場の駆け引き。
豊後との小競り合いは、島津の思惑を探るための策略じゃ。
その証に島津には何の動きも無いではないか」

西越前　「ともあれ未だ惟光様は僅か五歳のご幼少。
それがしに思案が御座れば、
配下の者に手立てを命じて居りまするゆえ
性急な動きは禁物と心得まする」

と、互いに譲らぬ面魂。

そこへ火急の使いとて息せき切って西源兵衛

源兵衛　「治部様、柏の城より早がけの知らせ」

と差し出す書状。何事ぞやと柏治部、開いて読めば是はいかに。

柏治部　「ややややや、―急ぎ仕る。

今日朝まだき我が城に高知尾勢が攻め入り候。

寄せ手の大将は甲斐長門守宗摂、

二手に分かれ、大方は高森城に向かい候。

推し量り候に新納忠元殿、南郷方より攻め寄せ候と存じ候。

我らただいま防ぎ候へども、

二の囲いまで破却に及び防ぎ切り申さざることもありなんと存じ候。

それがし、留守を預かりながらまことに不甲斐なく存じ候。

申し訳もあらじと存じ候。

―ううぬ三田井め、裏切りおったな。

源兵衛馬じゃ。越前殿お聞きの通りじゃ高知尾が寝返りおった。」

今に見ておれ目にものをみせんと悪鬼の形相で立ち上がるを、

越前守押しとどめ、

西越前　「治部殿、落ち着かれよ、

三田井も行きがかりで若衆の押さえが利かなかったのであろう。

あるいは、新納殿はこのたびの高森攻めに大軍を動かし、

附城ことごとく潰し、この度で決着をつける軍略のように思えまする。

さすれば、この知らせではもはや手遅れ、手遅れと存ずる。

今より貴殿一人駆けつけても犬死となるは必定。思い止まられよ」

と、説き留むるも柏治部。

柏治部　「お言葉は忝ないが、

今我が城で死を覚悟の戦いにある家臣を見殺しには出来申さぬ。

あの者たちは幾歳月、多数の戦場で生死を共にしてきた旧功の者ばかりじゃ。」

背に背を合わせようとも刃の元に死ぬは武士の本懐」

と、越前の手をしっかと握り

柏治部　「お主の申した通りであった。島津は豊後攻めを図りおった。
いまさら悔やんでも詮方なきこと。
西越前守惟延殿、儂が討ち死にした後は、残る家老はお主ただ一人。
お家の無事は頼むぞ」

と、手の温もりがこの世の名残、死出の旅路に向かいけり。
逸る心は蹄の響き、残るこだまも消えゆきて、
見送り終えた源兵衛が封書を携え足早に入り来たり

源兵衛　「ご家老、薩摩よりの書状が参りました」

西越前　「おお左様か、何処からじゃ」

源兵衛　「は、玄與（げんよ）とだけ御座いますが」
西越前　「おお、参ったかその書状待ち侘びたぞ」
　と書状を開けて読み下す。
西越前　「うむ、うむ、おお、おお」
源兵衛　「ご家老、何事で御座いますか」
　―源兵衛書状を覗（のぞ）きこもうとするが見せない―
西越前　「うむ、よし」
源兵衛　「ご家老ちょっと見せて」
　―西越前守逃げて歩く。
源兵衛　「吝（けち）」

西越前　「なにが吝じゃ馬鹿者、源兵衛、使いは帰ったか」

源兵衛　「いえ、待たせてありまする」

そうかと越前さらさらさらと返書を認め始めたる

｛急ぎ奉る。早速の御返書拝見いたし恐悦に存じ候。
また、当方の御願いの儀早速のご内諾、嘉悦の極みと存じ候。
その上惟光君との確執の儀ご配慮戴き、まこと恐れ入り候。
この儀につきては、当家において佳き首尾を計らう所存で御座れば、
お心安く後音をお待ちくださるべく候
阿蘇惟賢玄與殿　西越前守惟延｝

これでよしと書に封印

源兵衛　「ご家老」

西越前　「なんじゃ」

源兵衛　「なんじゃでは御座いませぬ。
柏城、高森城が攻められたとあれば次はこの矢部で御座りましょう。
急ぎ在番のものや、村々の衆中（しゅうじゅう）に召集を掛けまする。」

西越前　「待て源兵衛。
考えても見よ、矢部は既に薩摩に服順し、質人も差し出してある。
ここに薩摩の軍勢が来ていないのは、
薩摩は矢部を攻める意思が無いからであろう。
我々の動きは常に見張られている筈。
今ここでそのように騒ぎが起きれば、敵対の集結とみなされるではないか。
柏城は高森攻めの行き掛かりで、
万が一背後を突かれることを案じて三田井が攻めたのであろう。
高森城に新納忠元殿が向かっているのであれば、
五千や六千の軍勢ではないはず。
状況が分からぬまま早まって動いてはならぬぞ。
今ここで動けば阿蘇家の命数（めいすう）は尽きる。
よいか強（た）って動くではないぞ」

と言いおき、急ぎこの書状を使いに持たせ、北里を呼べと申しつけ源兵衛の後姿を見送りて、越前静かに立ち上がり
〔嗚呼(ああ)、何時かはこのようなときが来たることも有りなんとは思えども、
不運というものはかくも重なるものか。

惟将様が薨られて十月にも満たぬに、
惟種様はいまだ御歳二十四歳であった。

加えてひととせも過ぎぬ去る七月、
杖とも柱とも頼む宗運殿が不慮の死を遂げられた。

今日は治部殿にも火の粉が降ってきた。

大方治部殿も野尻の右京亮殿(うきょうのすけ)も存命はかなうまい。

なれど、なれど不運は運のつきではない。

運の行方(ゆくえ)が分からぬだけだ。

治部殿が言い残されたとおり濱の館に残る家老は儂一人になってしもうた。

この背に負うた荷の重さに潰されてはならぬ。

ことの終わりの裏を見通せば、ことの始まりが張り付いておるもの。

かくなる時にこのご返報が届いたことは運の行方を照らす闇夜の灯火(ともしび)、

霧の中の笛、まっこと神慮と申すもの。
西越前守惟延よいか、思慮こそ不落の牙城、ここが儂の戦場なのだ」
と、己にしかと言い聞かせ居りしに源兵衛北里周防、足音荒く戻りける。

周防守「北里周防守お呼びにより参上いたしました。
柏城が攻められたとのこと真でござりますか」

西越前「おお周防守、いかにも、薩摩は豊後を攻める所存と見えた。
で如何であった。我が領地に、薩摩の手のものの気配はあるか」

周防守「いえ、砥用口より間の谷の峠までは狼煙にて確かめましたが
この方よりはそのような動きは無いとのことでありまする。
してご出陣のお指図は」

越前守それには答えず威儀を正しけるに、
源兵衛、北里慌ててかしこみ座りけり。

西越前　「西源兵衛、北里周防」

両名　「ははっ」

西越前　「両人今より儂の申すこときっと聞くと誓えるか」

源兵衛　「はっ、何なりとお申し付けくださいませ。たって否とは申しませぬ」

西越前　「まことだな」

源兵衛　「武士に二言は御座いませぬ」

西越前　「北里、おぬしもだな」

周防守　「申すまでも御座いませぬ」

　金打(きんちょう)をもって誓いまするといえば越前。

西越前　「では申そう。儂はこの館に惟賢殿をお迎え致そうと思うが如何じゃ」

と厳かに伝えれば、両人合点無く
互いに顔を見合わせけるが

周防守　「惟賢殿と申されましたか」
と周防守
西越前　「そうじゃ」
周防守　「あの惟前殿の御曹司ので御座いますか」
西越前　「くどい」
これを聞いた源兵衛、憤怒の形相
源兵衛　「裏切り者、誅罰！」
と越前に向かい脇差を抜かんとするを北里とっさに刀の柄でこれを止め、

周防守　「何をする源兵衛」

源兵衛　「裏切りだ、止めるな周防どの、誅罰じゃ」

周防守　「早まるな源兵衛、この短気者め、おぬしは何かといえば直ぐ刀を抜く。
　　　　ご家老には何かお考えがあるはず」

源兵衛　「考えなど聞かぬ。
　惟賢は確かに我が阿蘇家の御血筋ではあろうが、
祖父の惟長より惟前（これさき）、惟賢と三代にわたり
三度（みたび）も惟豊様と大宮司の御職位（おんしょくい）を争って敗れ、
薩摩に逃亡した者ではないか。
その惟賢づれの復権に加担するとは、裏切りでなくて何という」

源兵衛激高しけるを、周防守、刀を取り上げ漸く（ようや）押し留めたるに、
越前守端然（たんぜん）として姿勢を崩さず、

西越前　「源兵衛、儂を討ってお家の無事が請合（うけあ）えるのであれば切るがよい。
確かに、かのお家との戦いは、惟前殿の理不尽（りふじん）な振舞いで有った。

それも遠い昔のことだ。
万坂の戦いは儂が十八の折であった。
血気のはやる年で、幾つもの兜首(かぶとくび)を取ったものじゃ。
あれから四十年余りの時が経つ」

西越前　「北里」
周防守　「はっ」
西越前　「そちも薩摩と戦うと申すか」
周防守　「は、武士として柏殿を一人無駄死にはできませぬ」
西越前　「そうか、では聞く、武士の務めとは何か」
周防守　「それは主君のため忠を尽くし戦いに勝つことと覚えまする」
西越前　「負ける戦いと知ってもか」

周防守　「負ける戦いにあれども敵(かたき)と刃(やいば)を交えることが武士と心得まする」

西越前　「死ぬぞ」

周防守　「はっ戦場で死ぬは、武士の誇りと存じまする」

西越前　「御あるじも死ぬぞ」

周防守　「はーっ」

西越前　「それで武士の一分(いちぶん)が立つと申すか」

周防守　「はーっ　なれど」

西越前　「よいか周防、源兵衛、戦いは死ぬためにするのではない。
　生きるためにするのじゃ。
　武士の一分の誇りのと申すのは我々主持ちの兜首が申すこと。

無足（むそく）の在家衆（ざいけしゅう）や足軽などのにわか侍の申すことではない。
だがな源兵衛、戦場で山河を血で染め、
野に白骨を晒（さら）すのは大方がその雑兵どもであろう。
あの者たちは武士の一分などのために戦っているのではない。
負ければ家は焼かれ、麦穂は摘まれ、妻子は掠（かす）め取られる。
平穏な日々のたつきは失われる。
それゆえにへっぴり腰で鍬を持つ手で槍を取り、
おのが声で気勢を煽（あお）り、死に物狂いで、
いかにも死に物狂いで生きるために戦っておるのだ。」

周防守「ははーっ」

西越前「戦いとは、刃（やいば）を合わせることのみが戦いではない。

今は、いとけなき御屋形さまを始め阿蘇家一族一党が、
刃に換えて智慧と心胆で生き残るために戦うときだ。

思えば長き戦いの日々であった。

名だたる舊功（きゅうこう）や智勇の侍たちの大方（おおかた）は死に、又老いてしまった。

もう戦いは避けねばならぬ」

と思わず両人不覚の落涙。

両人　「ご家老無念で御座る」

西越前　「両人ともよう聞けよ。

去る花之山、堅志田に薩摩勢出向(しゅっこう)の折、
島津義久殿は阿蘇に弓引くことは神に弓引くことと言われたと聞く。
されど、戦いはいつ如何なることが起きてくるかは分からぬもの。
この館とて同じこと。幸い今日の戦禍(せんか)は免れても、
明日の果報を請合うことは誰にもできぬ。
なれどしかと考えてみよ、
我が一門のたたかいに敗れし惟前殿を
三度懐(みたびふところ)に入れしは島津殿ではないか。
惟賢殿は永く薩摩に在りといえども言わずと知れた阿蘇の御血筋。
島津殿からすれば、薩摩に恩義の浅からぬ惟賢殿をこの矢部に据え、

大友に対する肥後裏の固めにすることは願ってもない上策のはず。
惟賢殿をお迎えすることは決して裏切りなどではない。
この濱の館が戦禍を免れるため
儂が考えに考え抜いた末の唯一つの手立てなのじゃ。
何だ源兵衛そのふくれっ面は。まだ何か申すことがあるのか」

源兵衛　「いえご家老の仰せられることごもっともと肝に応えました、なれど」

西越前　「なれど？」

源兵衛　「はい、なれど惟光君はいかようなお立場になられましょうや」

西越前　「おお、そうか、源兵衛は惟光様の大のお気に入りであったの、まあ良い
惟賢殿の書状を読むがいい」

と周防に渡せば源兵衛覗き込む。

惟賢書　「「世の中の転變掌（てんぺんたなごころ）を返すごとく
御暇乞いも申さず遠国薩摩に罷（まか）り越候事（こしそうろうこと）常々心外と存じ候処、
この度、矢部濱の館に某（それがし）ご招請（しょうせい）の御内書謹んで拝見仕り候。
喜悦（きえつ）この上なく存じ候。
某（それがし）その筋より矢部の情勢のこと伺い居り候間、
わが阿蘇一門の衰微（すいび）の様、常々憂慮申し上げ居り候。
仰せの如く、阿蘇家の骨肉を豊前又この国に削らるることは
無益至極と存じ候間、義弘殿のご内意を得、
急ぎ帰伏（きふく）致し阿蘇家の御ため一身を擲（なげう）ち衷心（ちゅうしん）仕（つかまつ）りたき所存なれども、
尊きお血筋の惟光様惟善様御格護（ごかくご）の方々の御同心得らるべく候や
これのみ憂慮いたし候。
もしご同心のことあらざれば
再び家中骨肉の争いの愚となり候らわんこと某本意にあらず、
まことに有難きお申し越しなれど、
御招請の儀ご辞退仕るべきと存じ候。
この儀ご返報お待ち申し上げ候。
恐々謹言（きょうきょうきんげん）　阿蘇惟賢玄與　西越前守殿」」

両人　　「ははーっ」

西越前　「合点してくれたか両人」

周防守　「はっ、惟賢様まこと奥ゆかしき御意とお申し受け致しました」

西越前　「うむ、儂とても惟賢殿の心の奥まで見通しては居らぬ。
ただ、惟賢殿のご気性がお父上がたとは異なって居ることを願うのみじゃ…。
仰せのようにまこと世の中の転變掌を返すごとく、
この館もいまは東風が吹けば東風に靡き、
南風が吹けば南風に靡く。
両人が知るとおり、この館に詰めておる者の大方は
薩摩に靡いていると見て相違あるまい。
じゃが惟光様御格護の者たちは不動の忠臣ばかりじゃ。
ここで二君を戴けば、争いの風の吹くは必定。
又惟賢殿の若君への扱いも定かとはいえぬ。
じゃによって、この館は惟賢殿に大宮司ご支配をお願い奉り、
まことに、まことに心痛み入る事ながら

惟光様、惟善様、ご後室様は
何れかへお移し申し上げることが上策と思うが如何か。」
と越前が問えば両人、肩を震わせ男泣き、落ちる涙は拳を濡らし、
しばし言葉もなかりけり。やがて源兵衛

源兵衛　「おいたわしきことでござるなあ、
まことに情けなきことでござる。世が世であれば」

と嘆く言葉を周防守押し留め

周防守　「源兵衛殿かくなる上は嘆いても詮無（せんな）きこと。
ご家老の仰せのとおり先の手立てが肝要で御座ろう。
して惟光様のお移し申す先とは何処でござりまするか」

西越前　「うむ、その思案の答えがなかなか見つからぬ。
従二位の位階をお授かり戴いた糸を辿り、
烏丸様筋から後陽成（ごようぜい）の帝にも近衛様のお口添えでお伺いを立てては見たが、

去る年羽柴秀吉殿が関白に付かれてからは
武家の権勢のみはばかり朝廷は名ばかり。
今どきの公卿衆己が身の心配ばかりで
遠国の掛かり合いなど真っ平とばかり、
ことごとく逃げ口上を申しよる」
と嘆く越前守。じっと耳傾け聴きおりし周防守つとひざを進め、

周防守「御家老思案が御座いまする。
惟種公ご後室にお仕え致しておりまする小宰相の局、初音は、
我が縁者に当たるもので御座います。
若輩ながらなかなかの才色兼備。
お方様にもことのほかご信任厚きご様子。
初音の在所は先年閏八月、堅志田落城の折、
砥用まで攻め上った薩摩の兵が引き返したほどの懸崖深き目丸の山里、
元はといえば壇ノ浦の戦いに敗れし平氏の隠れ里と聞き及びまする。
この世のつらき風をしばしのがれ、
平穏な山里の暮らしも悪しきものではなき事と存じますが」

西越前　「おお、それはよき思案じゃ周防守、
　目丸の里は浮世を離れた温和な土地柄。
　かしこの衆中は棒術を巧みに使うが刃は向けず戦いを好まぬ。
　あの激しきご気性の御後室の御気（おんき）も和らぐやもしれぬ。
　里には子らも居ろう。
　なによりも幼きお二人の若君にとってこの上なき境遇となり申そう。
　御後室のご納得に至るはなかなか難しきこととは思うが、
　周防よき思案を申してくれた」
西越前　「ところで源兵衛」
源兵衛　「は」
西越前　「おぬしには、確か倅がおったの」
源兵衛　「は」

西越前　「戦場ではよき働きをしてくれておったが息災か」
源兵衛　「は、それが…お恥ずかしき事ながら、
　今は侍を嫌って百姓をしております」
西越前　「そうか、うむ、そうか」
　しばし無言の西越前、もてる扇をピシリと鳴らし、
　これでよし、運の行く手は決まれりと、
西越前　「されば、惟賢殿をお迎えすることは、暫し明かしてはならぬぞ。
今日の柏、高森両城への島津侵攻を動議として、
惟光さま御格護の者達を集め、館落ちの談合をせよ。
惟光、惟善両君ご親族筋の犬飼備後守殿、
男成監物殿にもとくと言い聞かせよ。
ことに小宰相には、北里おぬしからよくよく含み置くように頼んだぞ。
それから、お方様に館落ちを納得して戴く役目も、
やはりおぬしがよかろう。

さて改めて両人に誓って貰いたいことがある。
こんにちただ今此処で斯（か）く有りしこと、
生涯この三名の心中（しんちゅう）に込め置き漏らすことあるまじきこと。よいな」

と仰せける。

源兵衛周防守承知仕ったと金打。

直ちに惟光君ご格護の同心のものを、選び集めて談合の手筈をと立ちけるに、大門の外より息も切れなん叫び声。

声　「御注進、御注進もうす。柏城、高森城ともども落城」

三段目　館落ちの場

登場人物

惟種後室

初音（はつね）（小宰相の局）

長松丸（阿蘇惟光）
松鶴丸（阿蘇惟善）
高森伊豆守
坂梨彌吾助

後室　「嫌じゃ、嫌じゃ、嫌じゃ嫌じゃ嫌じゃ嫌じゃ！。
　なにを戯けたことを申すか。
　何故わらわがこの館を出なければならないのじゃ。
　此処を出ていずこへ行けと言いやるのじゃ
　宗立はどうした。親英を呼べ、親英、親英！」

伊豆守　「お方様お鎮まり下さい。ご家老はこの館には居りませぬ」

後室　「親英は居らぬと、どこへ行きやった」

伊豆守　「ご家老は、八代に赴きましたまま、島津殿に留められて居りまする」

では越前を呼べ越前に聞こうと、昂ぶり猛る惟種後室に、
高森伊豆守言葉もあらぬ有様なり。
そこへ後室の侍女小宰相の局その名は初音、静々とあらわれける。
高森これぞ救いの神と念いたれば、

後室　「おお初音、助けて給もれ、
この伊豆守がわらわをこの館から追い出そうとするのじゃ」

伊豆守慌てて

伊豆守　「何を仰せられます追い出すなどとは申しておりませぬ」

後室　「言うたわ!。
ならばお住まいをお移しするとはいかなることだというのじゃ言うてみよ」

伊豆守　「は、その、お移しすると言うことは、
すなはちお移しすると言うことで」

後室　「なにを訳の分からぬことを言うて居るのじゃ、
初音、妾（わらわ）の留守の間に一体何事が起きたというのじゃ、
教えてたもれ初音」

と縋（すが）らんばかりに問いけるを初音優しく抱きとめて

初音　「お方さま、まず、まずお鎮まり下さいませ、
お腹立ちのままではおはなしが通りませぬ。
この初音から委細を申し上げましょうに、まず座しませ」

と春風に柳と誘（いざな）いたるに、
眦（まなじり）を上げ、持ちし扇を折り拉（ひし）がんばかりの御後室。

初音　「伊豆守様、お裏方に若様が居られます。
ゆるりとお連れくださいませどうぞ御ゆるりと」

と申しければ

伊豆守　「ゆるりとで御座るな相分かった」

さても御後室の気が静まりし頃合(ころあい)に
若君をお連れしてくれとの局の心と合点し、
ゆるり、ゆるり　と立ち出ぬ。

後室　「ささ、聞きましょうぞ話して給もれ」

初音　「さればお話申し上げまする。
一昨日、柏治部殿のお城が高知尾殿の手勢に攻められ、
落城いたしましたとのことで御座います」

後室　「ええ、何、治部殿の城が落ちたと！
何故(なぜ)じゃ、三田井(みたい)殿は我が家と誼みを結んでいたのではないか」

初音　「それに、高森のお城も新納殿の手のものに同じく」

後室　「高森をまた薩摩が攻めたのか、
何故(なにゆえ)じゃ、薩摩とは荘厳寺(しょうごんじ)どのの取り成しで、
和議がなり目出度いと申して
音物(いんもつ)のやり取りなどもあるに如何したことというのじゃ」

初音　「はい。女子(おなご)の私には踏み込んだ経緯(いきさつ)は分かりませぬが、
今は戦国の世、千代(ちよ)のお味方は御座いませぬ。
まこと、柏、高森のお城が落ちたとなれば」

後室　「次はこの館だと申すのか」

初音　「しかとは申せませぬがそのようなこともと申されておりまする」

後室　「なんということじゃ、なんと情けない、
この館は惟時様ご入領以来十三代にわたり阿蘇家のご威勢の本城なるを、
いまやこの館には主(あるじ)を守ってくれる武将は一人も居らぬというのか。
よい、もう誰にも頼まぬ。わらわはこの館は出ぬぞ、
一歩たりとも薩摩の兵はこの館には入れぬ。

この館が守れぬときは、火を放ち、
亡き惟種殿の御許へ参ろうぞ」

初音　「お方様、そのような時にはお方様お一人にはさせませぬ。
初音も此処に残りお方様をお守りいたします。
なれど、今一度、どうか今一度ご思案くださりまして、
私の話を聞いてくださりませ」

そのとき高森伊豆守、惟光惟善両君を、
抱くが如く誘ないて、ゆるりゆるりと入りけるに、
後室われを取り戻し、二人のもとに馳せ寄りて

後室　「おお長松丸（ちょうまつまる）、松鶴丸（まつつるまる）、母を、母を助けて給もれ」

と縋らんばかり掻き抱き、身を震わせて崩折（くずれお）れり。

長松丸　「母上、なぜ泣くのじゃ、母上が泣けば長松丸も悲しくなる、

泣かないで下され」

といえば弟君も口真似(くちまね)て

松鶴丸　「泣かないでくだしゃれ」

と母の髪を撫でいたる。

小宰相、誘わるる涙を袖の露と置きおりしが、

やがて居住まいを正し手をそろえ、

初音　「知らせによれば、柏のお姫様もご最後とのこと」

後室　「何　？　柏の姫が斬られたとな」

初音　「高森のお城の有様はそれは酷(むご)きことのご様子、

薩摩の手勢は幾万やもしれず、囲いのお城の奥までも討入り、

千人隠れに追い詰められました女子子供までも

一人残らず殺されたとのこと。
戦いは、悲しきことの、まこと悲しきことの極みにて御座います。
お方様、もしお屋形様ご在世ならば、
かなわぬまでも御一戦に及ばれましょう。
さすれば、惟光様、惟善様始め、
屋形を守る武将方も屋形に籠(こも)る領民たち、
女子らや、子供たちともども、阿蘇家のお血筋は途絶えまする。
この私などはお方様にお仕え致します身なれば、
火の中もいとわずどこまでもお供いたしまする。
されどこの若様たちはこの世に生を受けられてより
僅か四歳五歳(よとせいつとせ)を数えるのみ、
このような御世(みよ)にお生まれになられたことが運命(さだめ)とはいえ、
今、この稚(いとけ)なきお命を
勝ち目のない戦にて閉じられることは
余りにも余りにも酷う御座います。」

後室　「おお、おお許してたもれ許して…」

初音

「ご家老様は、御家来衆に、
死を共にすることよりも生を共にすることこそが
　肝要と申されたそうで御座います。
今は何よりもお命を永らえること。
お命さえあれば明日よりの望みに繋げることも出来まする。
どうぞ、どうぞご深慮くださいませ」

と、条理の河は情けの海へ、
流れくだりて御心(みこころ)の、深さは母の愛なれと
　誠を尽くし諭しけり。

後室

「もうよい初音、すまぬ相分かった。
わらわの短慮であった。
館を出よう。
それがこの館を守り、
阿蘇家に連なる者の血を流さぬ手立てとあれば、
この和子(わこ)達と共に館を出よう。

妾(わらわ)は昨夜三度(みたび)夢を見た、
初めの夢は暗い地の下であった。穴が下へ下へと続いている。
上に上(のぼ)る出口は見えず、
黄泉の国にひとり閉ざされたような、
えもいえぬ恐ろしい心地であった。
　次に見た夢は、駕籠に乗って空を飛んでいる。
雲もなく広く深い空を、
そのまま亡き殿の御許に行けるような思いで舞い続けた。
　三つ目は浅黄(あさぎ)いろの小鳥が二羽、妾の身に纏(まと)わって離れぬのじゃ。
手を開けば手に、袖を広げれば袖に、
肌に触れる羽の柔らかさは今もこの頬に残って居る。
今思えばあの夢は今日かくあることの神のお告げ、
あの小鳥はそなたたちであった。
長松丸に松鶴丸いとしき和子よ、
今の今より私は、
そなた達の母であることにのみ生きながらえようぞ、
初音よく諭してくれた礼を言う」

と、互いに手を取り幼子を胸に抱きて出でにけり。
ことの次第に伊豆守、安堵の胸を撫で下ろし、
伏して二人を見送りたり、
そこへ足取りも重く入り来たるは坂梨彌吾助、
どっかと座り

坂梨　「北里殿、ご依頼の手筈の調え成り申した。
高森殿、笹原殿は男成殿のお宮に宝物を運び、
北殿、下田殿、田上殿には神事のお道具の始末をお願い申し上げましたが」

伊豆守応えて

伊豆守　「坂梨殿ご足労で御座る。
早川、村山ご両人には物見のご支配を、
迫殿と井手殿には、明辰の刻、鳥居の大門を閉ざすことと、
注連縄を張り結界を作り、
館への出入りをすべて禁ずるようにとお願い申した」

弥吾助声を潜めて

坂梨　「この館の周りには、薩摩の物見のほか、
惟前方の隠れ者達の目が光って居る。
又我が身の内とて不心得者が無いとはいえぬ。
されば、この度の動きを覚られぬよう
今日は巳の刻に館をお出になられ、
まずは男成神社に泰平祈願の御名目を装い
神官供奉（ぐぶ）の御駕籠で参られ、
今宵は男成どのへお泊りなられるように
明朝は六つ半に出立、
さぞかし難儀なことで御座ろうが
徒歩（かち）にて目丸に向かわれる。
ご家老からは午の刻を廻ってから
若君方が御後室様と京（みやこ）に赴かれたとの風聞を流せとのご指示が御座った」

伊豆守　「で、ご守護申す侍どもは決まり申したか」

坂梨　「決まり申した。
朝廷より下賜(かし)され申した品々は、
某がお運びいたしお方様にお添い申す。
惟善君は、渡辺軍兵衛どのにお願い致し、
惟光様は、西源兵衛殿がお守りすると申し出られた。
高森殿などもお供いたすといわれていたが、
人数(ひとかず)が多ければ人目を忍ぶことあたわずと、
三名のみに決まり申した」

伊豆守　「おお、それは願ってもないこと、
方々、武術には抜きんじられたものばかり。
若君様、ご無事にかの地にお移しできるよう、
彌吾助殿重ねてご健武(けんぶ)をお祈り申す」

坂梨　「承知仕った。高森殿も御堅固で」
　嗚呼、栄枯盛衰(えいこせいすい)は世の常とは言いながら、
わが阿蘇の家臣幾千ありといえど、

功利の篩(ふる)い厳しく金石(きんせき)相別れ、
今ここに残りたる衷心(ちゅうしん)の武士僅か十数名を数ぞうるのみ。
さはあれど、もののふの誠(まこと)一筋に尽くさば、
何時か又花の咲く春も来たらんと
　互いに見交わす眼(まなこ)の底に、涙を収め別れ行く。

〔栄枯盛衰世の常なれど、阿蘇千万の武士(つわもの)も、
功利の篩いの厳しさに、金石ここに相分かれ、
残るは四肢(しし)の指折りて、数うるのみの忠臣ぞ。
嗚呼、さはあれど武士(もののふ)の、誠をもちて一筋に、
ただ君のため尽くしなば、花も咲くらん春もまた
　遠くあらじと祈りつつ、
　互いに見交わす眼の底に、涙を収め別れ行く。〕

三段目　目丸落ち

道中一

登場人物

先手

坂梨彌吾助

惟種後室

初音

後手

西源兵衛

長松丸

渡辺軍兵衛

松鶴丸

霜ふるに、柏手（かしわで）の音（ね）も為（な）らずして
　男成社（おとこなりしゃ）のお宮より忍び出でたる影七つ。
まだ明けやらぬ東雲（しののめ）に、影を繋ぐか冬木立。
　杣（そま）の道をば踏み分けて、落ち行く先は目丸山、
露を払いて坂梨彌吾助、母衣（ほろ）を被（か）がふり姿を忍び、
　初音と手を引き手を引かれ、
後（うしろ）の和子を振り返り又振り返り撫（な）で摩（さす）り、
御足（みあし）運べる御後室、
　後（あと）に続くは西源兵衛、いずこまでものお供をと背（せ）なの主（あるじ）を一揺（ひとゆ）すり、
しんがり勤めるつわものは、
槍を取っては無双（むそう）の軍兵衛、
　惟善公を肩車、のっしのっしと歩みける。

舞踊　後室　小宰相

いとのきて短きものを端切るといえるが如き運命なり。
　運命なりとは思えども、移り行く世のはかなきは、
空に架(か)かれる有明の、やがて消えゆく眉の月。
一足踏めばさなきだに重き心の裳の裾に、縋(すが)る栄華の雪けむり。
　二足行けば夜烏の谺(こだま)に肝は凍てつきて、
去りにし日々の耀きも、和子と添い寝の温もりも、
ゆきて還らぬ濱千鳥　千鳥に落す足跡の、数増すほどに遠ざかる。
　何時いつの世も民草はただ幸せを望みしに
いかなればこそ殿方は戦いのみに明け暮れる。
それにつけても口惜しや　憎きは薩摩の武士(もののふ)と
　無念の涙振り払い、仰げば滲む明けの星。

道中二

登場人物

先手
坂梨彌吾助
渡辺軍兵衛
松鶴丸
侍頭
部下の侍1

後手
高森伊豆守　渡辺軍兵衛
惟種後室　初音
松鶴丸
部下の侍2
（西源兵衛　長松丸　坂梨彌吾助）

落ち行く身には勝山(かつやま)の名も遙(はる)かなり
白谷(しろたに)の、御神(みかみ)に縋(すが)るいとまにも
緑の川の瀬の音(ね)にも追手(おいて)の影と怯(おび)えつつ
登り上がれる此の坂は、目丸もまじか七曲(ななまがり)
やれ一安堵(ひとあんど)と思いきや

頭侍　「まてまてまてまて、そこの怪しき行列
このような山中を何処より何処へ、
また如何(いか)なる訳をもっての道中なるや」
と草陰より湧き出でたる五つ六つ。
すわ敵なりと軍兵衛槍を構えるを、坂梨彌吾助押し留め、

坂梨　「いやいや御不審のお尋ねは尤もなれど、
我々は諸国勧業行脚の者、
故あって一身一向(いっしんいっこう)の願を懸け、

仙境の杣道(そまみち)のみを辿り、
神佛社殿を尋ね歩くもの。
決して怪しきものではない。
どうか御看過(ごかんか)いただきたい」

と深く頭を下げたれば、一行習いて面(おもて)を伏せる。

侍頭　「ううむ左様か、勧行行脚のご一行で御座るか。
それはご苦労なことで御座る。さてもご無礼を仕った。
ささお行きなされよ」

と、意(おもい)の外のあしらいに胸撫で下ろし行きけるを

侍頭　「お待ちなされ、勧行行脚にはちと異形。
破魔金剛の杖ならぬ槍携えし武家姿。
その背に負いし幼子(おさなご)の御名(おんな)をお聞き申そうか」

坂梨　「あいや、この子は某の倅、
名を名乗るほどのものでは御座らぬ」

侍頭　「名乗るほどの者でない子供が、何ゆえ縅を召されておる。
それにそれ先を急がれるお二人の足取りは女性。
袿姿の勧行とは腑に落ちぬ」

と近寄り来たるを

坂梨　「さても無礼な者たちよな。
このような獣通いの山中に
勧行の我々を誰何するお主たちこそ何人なるや。
子らに縅を付けようが、女人を伴に歩こうと吾等の勝手。
ははぁ　さてはお主たち追剥盗人の類よな」

侍頭　「なに、我等を盗人とな、
されどその無礼は問うまい

どうもそこもと達は濱の御所の者たちのように見受けるが」

彌吾助いささか押され気味

坂梨　「なにをしるしにそのような」

侍頭　「この杣道は他国のものが探して辿れるような道筋ではない。
この先は目丸の里には通じてはいるが、
それを知る者はお主たち矢部の家来か我々のみじゃ」

軍兵衛　「ううむさすれば御主たちは惟前の残党」

と思わず軍兵衛

侍頭　「やはり左様か、なればあのお子達は阿蘇の若君よな
家臣で有りながら主を掠奪拉致とは不届きな輩。
何処へかお連れして褒美に与ろうとの所存であろうが、

此処からは我等がご守護いたそう。
ささ此方（こっち）へお渡しあれ。渡せば命は助けよう。
　渡さぬとあれば」

坂梨　「渡さぬとあればなんとする」

　渡さぬとあればと刃抜き放つ。
腕に覚えのある構えよなと、孫兵衛体（たい）を落としけり。

—侍頭、後ろの部下に前に出て向かえと促す。—

部下　「私ですか？」
侍頭　「当たり前だ。やれ！」
部下　「どうぞお先に」
侍頭　「つべこべ言うな行け！」

—無理やり前に突き飛ばす。部下は彌吾助に斬りかかるが、一刀のもとに顔を斬り割られる。
部下が切られたので侍頭が大上段に構えなおす。——
軍兵衛背なの若君に言いけるは、
保曽殿（ほそどの）、しばしこの岩陰にお待ちあれ、
断って動いてはなりませぬぞといい含め

軍兵衛　「彌吾助、此処は逃（のが）れる足場無き一本道。
儂の槍にまかせろ、
お主は先に行きお方様をお守りいたせ」

坂梨　「承知した。それでは頼む」
と構えを解いて、急ぎ御後（みあと）を追いにけり。
軍兵衛槍を一扱（ひとしご）き、

軍兵衛　「うむ新当流よな」

と見極めるいとまにも槍のけら首に切りかかるを、
手元に手繰る石火の早業。
ずんと伸びる穂先は相手の胸を刺し貫く。
無念の形相すさまじく、
引き抜く槍の柄むずと掴んでどうと転びけるを、
手元に飛び込み、すかさず止めを刺しにける。
今討たれしは大将なるや、
残りたる人影ばらばらと逃げけるを、
これを逃せば館落ちの首尾、何れかへも知れなん
待て待てと追いなんとすれば背後より

惟善　「軍兵衛、軍兵衛」

と、か細き呼び声、
おおそうじゃ保曽殿が居られたわいと、
追うに追われず引き返し、
軍兵衛「保曽殿、保曽殿は幼きというても大将じゃ、

大将なのじゃ凛（りん）となされよ」と叱り励まし、
肩に乗せたるその時に、またもや追っ手の気配に見返れば、
後ろ退ざりに現れたるは今逃れたる輩（やから）なり。

　軍兵衛肩より細殿下ろし、槍を構えて駆（は）せ寄りけるを、
誰とも知れず打ち合いしこと二、三合、
切り伏せられし後より、現れ出でたる武士（さむらい）は

軍兵衛　「おお高森どのか」

伊豆守　「おう軍兵衛殿、御家老の命で後を追ってまいった。
　この輩どもが抜刀して来おったので皆切り伏せ申したが、
　やはり襲われたか」

軍兵衛　「高森殿忝（かたじけな）い。何処から追ってきおったのかは分からぬが、
　惟前方のなれの果てと覚えまする。
　大将とおぼしきものはそこに討ち申したが、

取り逃がしたる者どもの始末が
気になり申しておったところで御座った。
誠に忝のう御座る」

伊豆守「して若様たちはご無事か」

軍兵衛「うむ、大事無いこれこの通り」

伊豆守「左様かそれはよかった」

と、喜びあえるその時に、転けつまろびつご後室

後室「松鶴丸、松鶴丸事無きか怪我は無いか」

と駆せ寄りてしっかと抱きしめ。
戻り来たりし初音と共にうれし涙に咽びける。
やがて惟種御後室、辺りを払い申さるは、

後室「みなのもの、大事は有りませなんだか、
まことに大儀でありました。
おお高森殿、お心掛けうれしく思いますぞ

実を申せば今しがたまで、この和子たちへの不憫さと、
髪引き戻す館への想いが絶たれず
　妾の足の重さは募るばかり。

なれど今そなた達の働きを目の当たりにして、
我が栄華の礎を知らされた思いじゃ。
憂いの闇は春の曙。
われ等が身の恙無きはそなた達の誠があればこそ
　和子と共に心より礼を申します。
これよりは過ぎ去りし想いに替えてその誠、
　二つと無き宝としてこの胸に留めましょう。
たとえ互いの身は何処にあろうとも
　妾の心はそなた達と一つ。この苦難を共に忍び、
阿蘇大明神のご加護ご信託を待ちましょう。
この世に生のある限り、何時いつまでもよしなに」
　と頭を深く下げたれば、
そのお言葉は千金万金の報いにも替えざるもの。

転変の波威くわれらを洗うともこの命、
もののふの誠と一分を添えて生涯御主に捧げ奉ると
伏してみ顔を拝しけり。

やがて高森

伊豆守　「かくあるうちも何人の目に触れるやも知れませぬ。
ささお急ぎあれ」
と促せば、衣の塵も道連れと、払う暇も惜しみつつ
お身をお優いくだされよ、どうか堅固でまた会う日まで、
葉叢漏れ来る朝の陽に、
今より辿るこの道の、しばしの刻は希望への
通い路なれと願いつつ、
目丸を指して落ちにけり、
目丸を指して落ちにけり。

七日間の高校

七日間の高校

登場者

津山高志　高校教師
山田栄次　生徒
加藤　生徒
志賀　生徒
高山　生徒
福田　生徒
梅田　生徒
堤　久子　生徒
島田一枝　生徒
相澤智子　生徒
山田みゑ　山田栄次の母

【第一場】

――午後の教室。

上手　教壇　奥に入り口、廊下腰窓、下手入り口

ホームルームの時間

教師は未だ来ていない。

男子生徒達はほとんどがだらしない格好である。

机の上に足を上げている者。

ジュースを呑んでいるもの。

格闘の真似をしているもの。　ｅｔｃ

ジュースを飲み終えた加藤が、

立って山田の側に行き、

空カンを山田の頭の上に落として通り過ぎる。

音がする。

山田は目を覚して頭を撫ぜる。
皆が笑う　――

高山　オイ馬鹿、
空缶はキチンと拾って塵芥箱(ごみばこ)に入れなさい。

福田　チャンと入れなさい。

――　皆ドット笑う
山田は口惜しそうに皆を睨(にら)むが、
空缶を拾って教室後部の塵芥箱(ごみばこ)に入れて戻る。
志賀、途中で足を出すので山田転びそうになる。
その格好を見て嘲笑　――

志賀　オォ福田、バイクリに行くか。

福田　今からや？

志賀　どうせ六時間目は英語だろうもん
アナタ分かりますか、アイラブユー
イットイズガールネ、福田さんどうせ赤点ネ、
努力いけないムダムダョ

福田　ハーイ、アナタ正しい、
よし行くぞオ。

—志賀、福田、鞄を持って立ち上がる。
そこへ教師の津山が入って来る。
二人慌てて座る—

堤　起立！

—皆（何人かを除いて）ノロノロと立つ—

堤　礼！

──中腰で礼をして座る者がある──

津山　礼ぐらい、しっかりせんか！
三年も同じ事をやって来て何か！
最後ぐらい、最上級生らしい態度をとったらどうだ
授業もあと十日しかなかっぞ！

高山　ハイー先生

津山　何か、高山

高山　十日ではありまっせーん、
八日でーす。

──皆、笑う。

――津山、それを無視して教務手帳を広げる――

津山　エー、今日は先ず、嬉しいニュースを伝えます。
　十一月に行われた、映画「マザーテレサの生涯」を見ての感想論文に応募をしていた相澤さんが、
全国の最終選考に残っていましたが、
見事、二位に入選しました。
これは本校としては初めての栄誉です。
相澤さん、おめでとう。

生徒達　オー

――拍手をする
　相澤立っておじぎをする――

相澤　ありがとうございます。

加藤　皆様のおかげですって云わんか。

相澤　皆様の御蔭です。

――もう一度頭を下げる。生徒ワット笑う。――

高山　それでは、これからマダーテレットさんの表彰を行います。

――後席の山田に向かって――

高山　おい馬鹿、立っておじぎをせんか

――山田、黙って高山を睨む。――

高山　なんや、その目は。

津山　止めんか高山、人を馬鹿呼ばわりするな、
ちゃんと名前を呼べ。
エー、皆の高校生活も
実質的に授業を受ける事が出来る日は
あと十日余りとなりました。

高山　八日でーす。

津山　八日となりました。
このホームルームも、あと一回で最後になります
このあと、すぐに期末試験、そして家庭学習、
二月の卒業式まで、お互いに会う事が少なくなります。
エー、三学期に入って、
遅刻や欠席が大分少なくなっていますが、
それでも、残る八日の出席が一日でも欠けると
卒業出来なくなる者が四名おります。
この前出席表を渡して注意をしておりますから、

自分で分かっている事と思うが、
くれぐれも間違いの無いように、
事故なども絶対起こさないように気をつけて下さい。
—教師手帳を見ながら—
中間試験の赤点は、前期の半分となっているので、
高校最後の試験では、
級（クラス）赤点零を目標に頑張るように。

志賀　それは無理です。
津山　何故か、志賀。
志賀　福田と山田に聞いて下さーい。
福田　なんかお前、山田馬鹿と一緒にすんな！

津山　そう云えば山田、
お前、検尿を今年は一度も出しておらんな、
何回も云われただろうが、
お前の体の健康を調べるのだぞ、

何故出さんか？

山田　出しました。

津山　出した？
保健室では受けとっとらんと書いてあるぞ。

山田　出しました。

津山　馬鹿云うな、保健室が嘘云っていると云うとか？

――山田立ち上がる。津山を睨(にら)んで――

山田　馬鹿って云うなアー！

――高山を睨んで――

山田　馬鹿って云うなアー！

―皆驚いて沈黙。山田、津山の目を見る。―

山田　もう馬鹿と云わんで下さい。
もう、云わんで‥
小学校の時も中学校の時もこの学校に来てからも、
毎日、毎日、馬鹿馬鹿って‥
　自分の名前が馬鹿なら我慢するけど
俺の名前は、山田です。
山田栄次！
この頃は、人が馬鹿って云われても
　自分が云われとるような気がしてきて‥。
馬鹿ってどういうことか分からない‥
　バイクも乗れるし、馬の世話もやれる。
掃除も皆よりずっとたくさんしている。
　検尿だっていつも出しているけど、誰かが捨ててしまっとる。
先生！　馬鹿って云われない方法を教えて下さい。
お願いします。

皆も教えてくれ。

—皆　沈黙—

津山　そうか、山田済まんだった。
よし、分かった・・
皆に聞きたい事がある。
この中で山田に一度も馬鹿と云った事があるか、
または、心の中で思った事がある者は手を挙げて・・

—結局全員手をあげる—

津山　よし、それでは今から紙を配るから
山田を馬鹿と云う理由を三つ以内で書いてみろ。
それで山田が納得いくかどうか聞いてみよう。
いいか、本当に思った事を書けよ。

――津山、棚から用紙を取り出し、皆に配る。
皆が書いている間、津山は椅子に掛けて腕組みをし、
上を向いて目を閉じている。
横や前を覗こうとする生徒もいるが、
皆、腕や頭で匿す――

津山　目を開けて――

津山　ようし、相澤、皆集めろ。

――相澤　紙を集める。渡そうとしない者も居るが、
無理やり取り上げて津山に渡す。
津山　一枚一枚目を通して、メモをする。――

津山　じゃあ、これから一番多かった理由から三つだけ挙げる。
一番、数学が零点。
二番、掃除がのろま。

三番、ダサイ。こういう答えが出た。
数学が零点というのは、
　山田もよく分かっている事だから仕方がないとして、
掃除がのろまと、ダサイは主観的な批判だから、
　皆の意見を聞いてみよう。
山田は掃除がのろまだと思うもの？

―三分の一位が手を低く挙げる―

島田　いま手を挙げている人の中には、
掃除をサボってばつかり居る人も居るでしょうが！
そんな事云う資格はなかよ。

―あわてて数人が手を下ろす―

津山　そうだな、

どんなに遅くても掃除をちゃんとする者よりも、
サボる奴のほうが馬鹿だな。

―　半数は肯く　―

津山　それでは、次のださいだが、
ダサイ　とはどんな事を云うのかな？

高山　ピアスが似合わない。

志賀　茶髪の豚に真珠。

―　皆、ワッと笑う　―

津山　ホォ、ピアスや茶髪が似合わないと「ださい」と云うのか、
なるほど。
じゃあ、山田がださいと思わない者はいないか？

梅田　ハイ

津山　オオ、梅田　言ってみろ

梅田　ハア、俺、二年生までは、
ピアスをしていたバッテン、
皆がしてきたら、
　何か真似ばっかりしているようで・・・。
それで何て云うか、
本当の元気みたいなものがなくなるような気がして、
　カラ元気って云うか。
そしたら、ピアスや茶髪の方がださく見えてきたとです。
山田は、掃除は遅かバッテン、
搾乳のときは手際がよかとです。

加藤　オッパイが好きなのョ。

―高山がケケケと笑うが、皆笑わない―

梅田　作業が終わると山田は必ずニコッと笑うとです。

そんな時の山田が、なんか俺よりか重いって云うか・・
そんな感じで、だから、・・・

津山　分かった。
皆はどうだ、
山田はダサイか？

― 皆、黙っている ―

津山　山田、そういう訳だ。
残ったのは一つ。
数学零点だ。
お前達、
山田が今度のテストで何点採ったら
馬鹿にせんと約束できるとか？

加藤　サンテーン

高山　イッテーン

津山　相澤お前は？

相澤　―しばらく考えて―
　　零点でなければ、何点でもいいと思います。

津山　そうか、皆、それでいいか？

　　―皆、うなずく　―

津山　どうだ、山田？

山田　駄目です。分からんです。

津山　お前、馬鹿と云われたまま卒業したいのか？

山田　バッテン、俺、
　　数学の授業がぜんぜん分からんとです。

何を教わっているのか、
先生が何を云うとらすとか、
全然分からんとです。
小学校は途中から分からんごとなって。
だから駄目です。
もう馬鹿でもヨカです。

―津山、手元の紙に数式をいくつか書いて山田に渡す―

津山　これをやって見ろ。

―山田、しばらく見ているが、
答えを書きそのまま下を向く
津山それを取り上げ見ている。―

津山　よし分かった。

山田、お前が書けなかった三番目が分かれば、
　必ず零点はとらんぞ。
俺が今日から教えるから、
放課後残れ。
分かったか？

山田　分からんです。

津山　とにかく残れ、いいな！

加藤　無理、無理、
　無駄な努力はよしましょう。

津山　加藤

加藤　ハイ？

津山　お前
一割る二分の一と云う式の意味が分かるか？
加藤　ハイ？　—考えて—　よく分からんです。
津山　よくじゃなくて全然だろう。
誰か答えが分かるか？志賀どうだ
志賀　ハイ、二です。
津山　そうだ、式の意味は分かるか？
志賀　エート、分かるような、分からんような…
二分の一で割っちまうと云う事は
エート。
津山　もう良い、皆も考えておけ、
山田　先生が必ず分からせてやるから、

英語が終わったら残っとれ、いいか。

― 休みの鐘がなる ―

堤　起立。礼

― 暗転 ―

一場　了

【第二場】

（小道具：トレー、食パン、ナイフ、他に時間を示す時計、カレンダー等）

――特訓を始めて三日目の夜。
教室の最前列で向い合う津山と山田。
学習用スタンドの灯と
下手教室入口の廊下灯のみ――

――興奮している――

津山　馬鹿だなお前。
何度云ったら分かるんだ。通分を教えただろうが。
分母を足しちゃってどうするんだ、
足せば足す程、数が小さくなるだろが
四分の一と八分の一とどっちが大きいとかア

山田　どうせ馬鹿です。

津山　―溜息をついて―
よし、もう一度やりなおしだ。

いいかこの食パンをだな
ナイフでこう四つに切る・・・

――下手より山田の母みゑ　登場、
手に大きな荷物――

みゑ　今晩は

――二人共気が付かない――

――山田の母、教室に入って二人に近づく。
両手の荷物を頭の上に上げて
覗き込むような姿勢で――

みゑ　こんばんは

――津山、山田　ワァーとひっくり返りそうに驚く。
山田の母もその声の大きさに

後ろにワァーと云ってのけぞる　―

みゑ　あ、びっくりした。
何か出たのかと思いましたよ。
この学校じゃ、前に変な噂があったとですよ。
馬の首が歩いていたとか・・・

津山　脅かさないで下さいよ、もう

山田　母ちゃん、何かぁ

みゑ　何かってお前、もう寒かろうが
毛布とお茶たい。
先生、済みまっせんなア、
こげなボンクラ教えても、
ものにならんと思いますバッテン、
卒業だけはさせてやって下さいな。

山田　もうよかけん、余分なことしゃべらんで、
　　帰んなはいョ。

みゑ　ハイハイ帰るタイ。
　　そんじゃ、先生よろしゅうたのんます。
　　茶は熱いうちに呑みなはれ。

―　母が帰ると入れ替りに相澤と島田が入ってくる　―

島田　先生、今晩は。
相澤　今晩は。
津山　オオ、島田、相澤もか。
　　何かこんなに遅く。
　　夜遊びせんで試験勉強をせんと
　　進学は出来んぞ。
島田　失礼しちゃうわ、

せっかく差し入れを持って来たのに。
もう、持って帰るけんね。

津山　オイオイ怒るな。済まんな。
怒ってもいいが差し入れだけは置いていけ。

相澤　島田さんちで今まで一緒に勉強していて、
父さんに送ってもらったら
教室に灯りがついとったけん、
頑張っているねえって、
差し入れしようと
わざわざコンビニから買って来たんだけんね。
ハイ、熱アツのオデン。

山田　わア　アンガト

―　津山に手を叩かれる　―

津山　お前は、これが分かってから。
島田　山田君、少しは分かったつネ。
山田　…
津山　お前達も食べて行かんか。
相澤　よか、父さんが待ってるから帰ります。
　じゃア、山田君、頑張ってネ
島田　じゃア、頑張ってネ、お休み。
津山　どうも有難う、お休み。
　――二人を見送って――

津山　さあ、これを喰って一戦（ひといくさ）だぞ山田

山田　ハイ

――二人、しばらくオデンをパクツク
　ドタドタと足音。

入口から志賀と福田が入って来る。
指で拳銃の真似をして打ち合う仕草――

志賀　ババンバーン　バババババ

――山田に指先を向ける――
ババババババカバカバカへーイ今晩ハ

福田　今晩は

津山　何だお前たちは。
またバイクの二人乗りで夜遊びか。
あ！　コラ！　それを喰うな！

―志賀と福田、オデンをさらって喰べる。
山田慌てて自分のオデンを後ろに隠す―

志賀　先生、馬鹿につける薬があったつね。
ああ、涙ぐましい無駄な努力よ！

福田　―山田の机を覗く―
おまえ、ちった解ったつか。

山田　…

福田　まあ、頑張んなョ。

―と頭をポンと叩く。

山田、頭を撫でながらオデンを喰べる。
志賀、福田、じゃァな。と云って
　戸口まで走って行き、立ち止まる。
何か云おうとした志賀を福田が止めて、
もう一度、山田を見てから走って去る　―

津山　なんだ、あいつら。
　何しに来たとか全く。

―津山、山田の喰べ終えるのを待って、
肩をポンと叩き、
又、食パンと
ナイフを取り上げて学習に入る　―

―音楽、暗転　―

第二場了

【第三場】

―特訓を始めて五日目の夜。
状況は三日目と同じ。
パンが大きなトレーに山盛りになっている―

津山　いいか、もう一度パンを切ってみろ。
まず四つに切る。まっすぐに切れ。
まっすぐ、そのまた四分の一だろが、
早く切れ、そう、指は切るな、
そうだ、それは全体の何分の幾つか？

山田　イチ、ニイサンシィ…ゴォロクシチ
七分の一です。　出来た！

―津山思わず山田の頭を殴る―

津山　何が出来たかア。お前はもう。
　　　一体お前の頭には何が詰まっているのか？

山田　―頭を抱えながら―　　パンです。
　　　パンが一杯。パンだらけです。

―　津山椅子にもたれて、パンの山を見て　―

津山　一体　どうするんだこれを　・・・

―　津山財布を取り出して覗く。
　　山田は又パンと取組む　―

津山　明日、お袋に借りるか・・・。

（音楽）―　加藤、高山登場　―

加藤　オ今晩は。
エー、山田パン屋さんのお宅は
こちらでしょうか？

津山　何だ、お前達。
又邪魔をしに来たのか。

加藤　とんでもない。
俺達はいつもミスターテレットの味方バイタ。
ほら、これ。夜食。

――袋を渡す――

津山　なんだこれは。ネギラーメン？

加藤　大森食品の新製品バイタ。
これは家で作っているネギたい。
ネギは頭が良くなるって云うけんな。

ほれ、俺を見れば分かるだろがい
　――高山に――
おい　宿直室に行って
三人分作って来い。

――スチールの器を机の上に置く――

高山　三人分て　俺は？

加藤　何だ、お前も喰うとか。
そんなら四人分た。早よう行ってけ。
山田のネギはやりばなし入れなんぞ。
先生、どぎゃんですか、山田は

津山　うむ、まああだ。

加藤　あと三日ですね。

津山　うむ、しかし山田はいいが、
お前はどうだ。あと三日は同じだぞ

加藤　まっかしといて下さい。
赤点ギリギリでセーフばいた。

津山　何とも頼りのない奴だな。
しかしありがとう。済まんな、
こんな夜遅く。

加藤　なんのなんの。
夜遊びの退屈しのぎですけん。
オ、堤！

―態度が変わる―
堤、綿入れを着て登場―

堤　今晩は　お、寒か。

あ、加藤君来てたつね。

先生こんばんは。

お疲れさまです。ハイ、コーヒー。

——持って来たポットを差出す——

加藤　あ、どうも済まんです。

堤　違うと。あなたじゃなかと。

——加藤がっくりする身振り

堤、持って来たバスケットの中から

紙コップを取出して津山、山田に渡す。

加藤は手を出したり、引っ込めたりしている。

堤、気が付き、

わざと焦らすようにしてコップを渡す。

加藤、ぺこぺこ押し頂く ――

津山　毎晩済まんな堤。
お前も進学で勉強が心配だろうにな。

堤　ううん、どうせ家がそこだし、
一休みする時間に来とっとだけん。
気遣いせんといて。

加藤　あ、堤、毎晩来とっとや！

津山　お前は毎晩こなくてよかぞ。
ラーメンだけ来れば。

加藤　また、そんな冷たいことを。

――　三人でコーヒーを飲む。

しばし沈黙。
堤、山田をじっと見ている——

堤　先生

津山　ん？

堤　この前ホームルームのとき、
一度でも、心の中ででも、
山田君のことを
　馬鹿と思った事があるかって云われたでしょ。

津山　ん・・・

堤　あのとき、
手を挙げてからすごくショックだったんです。
　家に帰っても、ずっと考えて、
人のこと馬鹿にすることは、

絶対にいかんていつも思っていたのに、
やっぱり、時々は、山田君のこと、
　馬鹿にする気持ちがあった。
だから、あの時、
先生が私だけに指さして
云われたような気がしたんです。

津山　そうか。

堤　あの夜、窓からみる空が明るくて、
お月さまはなかったけど、
星が一杯で、すごく綺麗な空だった
もうじき、卒業なんだ、
三年間も・・・
千日も一緒だった皆と別れてしまうんだ。
そしたら皆、あの星達のように
別々に輝いて生きていくのかなあ・・

智子ちゃんの星、
島田さんの星、
久美ちゃんの星、
志賀君や‥

加藤　俺の星も？

堤　うん、
そして山田君の星もって思ったとき、
もし、私が山田君を馬鹿にした気持ちが
　どんなに少しでも‥あって‥
そのまま別れたら、
私には　私だけには、
山田君の星の輝きが
　見えないんじゃないかと思ったんです。

加藤　そしたら？

堤　そしたら　何か、あんなに美しい星が、
　一つ一つ見えなくなって
　本当は涙で見えなくなったんだけど、
　恐(こわ)くって、寒くて、とても寒くなって…

津山　…

加藤　…

―山田、手に持ったパンを見つめている。
　高山　ラーメンを鍋に入れて戻ってくる―

高山　出来たゾー　ハイハーイ。

加藤　シーッ。

高山　？　あー　堤。

堤　高山君？　今晩は、何それ？

高山　ネギラーメン、夜食。

堤　ワアーすごい、おいしそう、
　私がするよ、ハアーイ。

―堤　鍋を受け取る―

―高山　加藤を見て堤を指差し
て指を四本出す。―

高山　ん？

加藤　あたりまえ。

高山　ブー

―堤、先ず山田、それから先生、
加藤、高山と手際（てぎわ）よくよそっていく。
高山、体で喜びを表して受け取る　―

皆　いただきまーす。

（溶暗　時間経過の音楽）

（溶明　カレンダーと時計が
シンボリックに大きいものが要る）

―山田は机の上に俯せ、
津山は毛布を肩に掛けて居眠りをしている。
日付は同じ十二時五分前　―

―梅田が入ってくる　―

梅田　今晩は……

―と、云いかけて立ち止まり、

しばらく見ているが、そっと近づいて、
持ってきた風呂敷包みを置き、
自分の綿入れを脱いで、
山田の背中に掛けてやり、
　静かに出て行く。
机上のパンの山をしばらく眺めて　―

（溶暗　音楽フェードイン）

　第三場　了

【第四場】

―　特訓の最後の夜、パンの量は更に増えている。
時間は十一時になるところ。
級友は全て集まっている。

津山は少し疲れた様子。
山田はパンを切りながら独り言。
女子生徒三名は、椅子を移動して、
　山田の近くに居る。
高山大きく欠伸。
梅田、時計を見る。
　時計が十一時を打つ、皆時計を見る。
打ち終える頃、山田のパンを動かす手が早くなる。
目が生きてくる。
動きが止まる　―

山田　あぁ　分かった。

一同　え？

―　と山田に視線が集まる　―

津山　オオ、分かったか！

山田　一が二分の一なんだ！
加藤　一が二分の一？
山田　うん、　一が何かの二分の一なんだ。
　　　先生？違うね？
津山　オオ！　そうだ、そうだぞ山田。
　　　一割る二分の一と云うのは、
　　　一が何かの二分の一と云うことだ。
　　　じゃあ、答えは何だ。
山田　だから二です。
梅田　ええ？お前本当に分かったつか？
津山　―息を弾ませて―
　　　山田、じゃあ　二分の一割る二は？
山田　エート、
　　　二分の一が何かの二っと云う事だから
　　　エート　四分の一です。
加藤　ヒエーッ　ヒエーッ。

生徒達　ワー、ヤッター。

—肩を叩く者、頭を叩く者、山田目茶々になる　—

—津山、輪の後で立っている。—

山田　先生・・分った　やっと分った・・。分った・・・。

—生徒達、山田と津山の間を開ける　—

—津山、何度も肯く—

—山田、袖で顔を覆う　—

—津山、近寄って山田の手を両手で握る。皆の拍手の中で山田は、袖で顔を覆ったまま皆にも頭を深く下げる　―

―　津山、教壇の前に立つ。
生徒達は自由な形で近くの席に座る　―

津山　山田、よく頑張ったな、
　本当によく頑張った。

昨夜は正直言って
　先生は、駄目だと思っていた。
きっと、お前の努力に数学の神様が
　卒業祝いをしてくれたのかもしれないな。
今でもお前が
　もとの山田に戻ったような気がする位だぞ。
皆、ありがとう。本当に有難う
皆のこんなに温かい励ましの気持ちが無かったら、
　先生も山田も、これだけ続けられなかった。

加藤、高山、ネギラーメン旨かったぞ。
堤、毎日温かいコーヒー有難う。
島田、相澤、あのオデンの味は忘れないぞ。
志賀、福田、お前達が気にしてくれて、
　毎晩バイクの音を聞かせてくれたこと。
どんなに心強かったかわからなかったぞ。有難う。
それから梅田、

―山田、綿入れを脱いで
梅田に渡し、礼をする―
その綿入れの温かさは、
いつまでも山田と先生の心を温めてくれるだろう・・・
有難う・・・―

―山田、袖で涙を拭って津山を見る―

津山　山田

――目で何かを云えと促す。
山田、皆の方に向きなおりしばらくの間――

山田　俺、嬉しくて涙が出るのは初めてで、
ずっとずっと口惜しくて涙が出てたから。
皆、有難う。
俺、この七日が、
七日だけが高校生活だったみたいです。
内田が学校を止めたとき、
俺も一緒に止めようかと思ったけど
やめなくてよかった。
上田も牟田口も、
こんな七日間があることを知ってたら、
きっと止めなかったと思います。
皆、本当に有難う。
先生、ありがとうございました。

―拍手の中に溶暗―

音楽フェードイン

ナレーション

津山　山田、ありがとう。先生は今夜
君と同じ気持に満ちています。
君は今、三年間の高校生活を
七日で経験したと話してくれました。
それは、山田が、
出来ないと思っていた問題を、
充分に解ける力を獲得した事も勿論だけれど、
目標に力一杯ぶつかっている君の囲りに、
応援してくれる仲間がいると云うことへの満足感が、
そういう充実した気持ちを
山田に与えてくれたのでしょう。

君の解いた算数は、
　たしかに小学校でも答えの出る問題でした。
でも、問題の意味の捉(とら)えかたは
高校だけでなく、
　社会に出ても充分通用するものです。
学問とは、問う事を学ぶと書きます。
いつも、何故?、何故そうなるのかと、
自分の目の前にある出来事に問いながら、
　一歩一歩乗り越えつづけて下さい。
そして、自分を信じて、
　自分の生命の意味を信じて、
胸を張ってこのK農業高等学校を
　卒業していって下さい。
先生も、君が残していってくれる
この七日の感動を、
教師が教え子に示す道標の大きな柱として
大切に持ち続けたいと思います。

―音楽クロスフェード　やや明るいもの―

―プロジェクターで星空を映す―

加藤　山田、お前はすげえやつだな、
ウン、でも先生もすげえ。
みんなもスゲエゾ。
一人一人が別々にすげえと思った。
この前、堤が、星の話をしたろが、
そんでうちん牛小屋の屋根に上がって見たとタイ。
俺、それまで星空なんか
見たこともなかったバッテン。
そらア美しかぞ。
赤っぽいのや、白いのや、青白いのや、
よく光るのもあるし、
ちっちゃくてよく分からないようなのがいっぱい。
星に級（クラス）のやつの名前をつけてみると

結構面白かつばい。
俺の隣の星にはな　堤たい　フフフ。
バッテン、もし、あの星が皆、
大きさや明るさが同じだったら
何だかつまらん空になるばいネーって思ったったい。
山田の星と俺の星は同じじゃイカン、
誰の星も皆同じじゃぁイカンとたい。
星座っていうのはどれか分からんバッテン、
いくつかの星が
グループになっているようにも見えたとタイ。
社会って、この空のようなもんかいネって思ったら、
ようしって気合が入るのがわかった。　・・
　明日は卒業だな…
山田、色は違っても
　頑張って明るい星になろうぜ。

――　音楽　フェードアウト　――

第四場了

【第五場】
――　卒業式の終った教室、
津山、最前席中央で運動場側を向いて座り、
独言を云いながら
自作の卒業証書を書いている
卒業式のあった講堂、運動場や校舎の
そこ此処から生徒たちの声が聞こえている。――

（ナレーション）

津山　Ｋ農高３Ａ級のこと、

俺は字が上手(うま)いな、
定年後は書道を教えようかな。
教師になるつもりはなかったのに・・・
　もう三十二年になるか・・・。

　初任の玉名には変わったのがいたな
堀本、・・
矢部も永かったな、十八年だったかな、
上田、倉岡、・・・、あれはいい級
（クラス）だったな、
初めの頃の生徒は俺によく殴られたな。
柿田・・・
　殴られても自分を思ってくれているのが嬉しいと
　抱きついてきた菊池・・・
あいつはどうしているかな・・・。
後藤、津川、園田、渡辺・・・
しかし、名前も顔も

思い出せない奴もいるな・・
そうだ　村上・・・、
その後は分からない、その後もだ・・・
・

―過去の教室の風景と
教え子の名を思い出そうとするが、
ほとんど忘れている。―

（ナレーション終わる）

―相澤が教室下手入り口から入ってくるが
津山の独白を聞きかけて
そっと近くの椅子に座って聞き入る。

津山　思い出せないな。何故だろう。
名前も顔も忘れてしまっている。
少なくとも一年近くは一緒に居た

筈なのに。何故だろう。
名前も思い出せない程度の関わりしか
出来なかったのだろうか？　・・。

もしそうなら、
あいつらの生涯にとって、
教師としての俺は何だったのだろう・・・。

―生徒の声が聞こえてくる。
先生は教室だぞ　等など
相澤が直ぐに入り口に行き、
口に指を当てて「シ――ッ」と制する。
皆、口と足音を忍ばせて、
入り口や廊下の窓から首を覗かせる。―

津山　此の学校で、もう七年
俺は一体、何人の教え子を持ったのかな

三年持ち上がりが二回
そして此のクラス。
生徒の級平均が四十人として、
百二十人
　そうか、百二十人が教え子か・・
重い言葉だな、教え子。俺は、この級（クラス）の
生徒の名前も忘れてしまうのだろうか。
家庭の事情や、学力が追いつかず
退学していった生徒たち・・
内田・・上田・・牟田口・・
いや、俺はお前達の名前は忘れない、
絶対忘れてはならない。
そうだ、山田、お前の云う通りだな。
あんな七日を一緒に過ごした仲間達の名は、
忘れようとしても忘れられないよな・・・。

―目の前の卒業証書に手を置く―

山田の云う通りだ、
俺はお前達に、
あの七日間を過ごさせてやれなかった。
本当に済まん。
今日は皆の卒業式だった。
山田も無事に卒業証書を貰らう事が出来た。
だから、俺はせめてお前達に、この級からでも、
俺からでも卒業証書をやりたくて
今、この手で書いてきたけれど。
この俺と、たとえわずかな時間でも
あの七日間の高校生活のまねごとでも
お前達の教師だった俺と
お前達につなげられないなら、
これは渡せまい・・。
どうすればいいだろう・・。

そうだ、手紙を書いてみよう。
電話もしてみよう。
内田と宮本は、確か、家の手伝いをしていると云っていた。
上田と牟田口は、高山に聞けば分かるだろう。
よし、そうしよう。

―証書を手に立上がる―

いつか、こうして、
お前達に
これを渡す日を楽しみにしているぞ。

― 小さな声で読む ―

― 相澤、山田を見つけ手招きをして
耳打ちしながら教室後部中央に立たせる ―

卒業証書
内田悠介
平成十二年七月七日生
右の者は、本校において
七日間の高等学校の課程を
優秀な成績で卒業したことを証する
平成三十年三月一日
K農業七日間高等学校、三年A組
校長兼担任津山高志。

津山　ウン　よし、予行演習だけでもさせてもらうか。

―　背筋をシャンと伸ばし、呼吸を整える　―

津山　卒業証書　内田悠介！

ハイ　と元気な声が響き渡る。

――津山、とっさに状況が分からない

そのままの姿勢で動けない。

やがて顔をめぐらすと

山田が教室後部正面に立っている。

廊下の視線とも出会う。

津山の目に涙が溢れてくる。

山田、しっかりした足取りで

津山の前に立つ。

しばし、二人は見つめ合う。

津山、我を取り戻し声を張り上げる。――

津山　　卒業証書

内田悠介

平成十二年七月七日生
右の者は、本校において
七日間の高等学校の課程を
優秀な成績で卒業したことを証する
平成三十年　三月　一日
K農業七日間高等学校、三年A組
校長兼担任津山高志

——拍手の中で
卒業証書の授与
握手
抱擁

宮本、上田、牟田口・・・
受証者の名前が呼ばれると
加藤、高山、福田が

皆から押し出されるように
津山の正面に立ち、
次々に授与が行われ、
拍手が送られる。
少し震えてはいるが、
朗々とした津山の声と
元気一杯のハイの声、
そして拍手の中で

静かに幕　―

（溶暗　音楽　幕一杯に星空
音楽ffに高まり
（明転　音楽カットアウト）

終わり

祖父の場所

昭和五十五年熊本県矢部町青年団上演

祖父の場所　三幕　七場

第一幕　一場　車買ってくれ
　　　　二場　牛と耕運機
第二幕　一場　トマト畑
　　　　二場　祖父からの贈物
第三幕　一場　峰子と
　　　　二場　祖父の場所
　　　　三場　フィナーレ

キャスト

繁利　繁喜の長男　二十三歳
繁松　祖父　七十七歳
繁喜　父　四十八歳
千代子　母　四十三歳
千紗　妹　二十一歳
峰子　繁利の友達
良輔（りょうすけ）　峰子の父
政男　繁利の友人
役場の吏員
医者

一幕　一場　車買ってくれ

―場所―

農家　繁松の家
　　上手に台所　下手に玄関
中央右炬燵の間　左に玄関　土間、表の間
外　左手に納屋　牛小屋

―時―

昭和五十五年　春　夕暮れ

父繁喜、炬燵の間で繁利と口論している。
母千代子は台所で夕食の支度をしている。

繁喜　もう大概（たいぎゃあ）にせんかい。

まあだ家じゃあ車なんぞ買える筈がなかじゃあなかか。
バインダーの代わりも、まあだ二年も残っとるどが。
ぬしゃ　遊ぶこつばかり考えちから。
ちいったぁ身い入れち仕事ばして、
二、三年して借金のまちっと減ってから言え。
横井手の政や亨（とおる）だって持っとりばっするごつ…

繁利　政あ　持っとるばい！
繁喜　何てや？
繁利　政あ持っとるばい　ブルーバード一八〇〇ばい。
繁喜　嘘ばかり言うちから　車に乗っとるの見たこつはなか！
繁利　買うたばかりばい　なあ母ちゃん
繁喜　ほんなこつか　政げは車買うたつや！？
千代子　（振り返らず）　げにゃたい
繁喜　ふうん…　ばってん　家は買わん！
　そげな金は家にはなか。
繁利　山ば　売ればよかじゃなかかね

繁喜　馬鹿たれ！そぎゃんこつ言うちから。木ば太らかすにゃ、四十年も五十年も掛かっとぞ主どんの玩具を買うために何十年も育てたっじゃなか！

繁利　じゃあ　何の為ね？

繁喜　何の為って…そらどぎゃん使い道でもあるくさい。木は財産だけん。こん家が古くなったとき普請せなんどが。田んぼや畑だって買ゆっどが。そぎゃんこつば主が心配せんてちゃ　どしこでん役に立て道ゃあっとばん。

繁利　すうぐそぎゃんこつ言う。よかたい。父ちゃんがなんもかも一人で心配すりゃあ。どうせ俺あこん家の奴隷だけん。ロボットだけんな。

繁喜　ばかたれ！　くだらん事は言うな。

繁利　どうせ馬鹿たい。父ちゃんのごつ偉うなか偉うなろうとも思とらん。

繁喜　何てや？！（目を剥く）

　そぎゃじゃなかね！

繁利　父ちゃんな、俺が何ばしょうごつしたっちゃ

まだ早か　まだ早かって
何も任せちくれたことぁなかじゃなかね。
もう俺は二十三ばい。高校出て五年ばい。
やりたかこつばさせたっちゃよかじゃなかね。

繁喜　何ば言うか
百姓の五年ぐりゃあまあだ小学生の内た。
刈り干しも満足に切りきらんでおいち、
もちっと朝でん起こされんで早よ起きてみぃ！
父ちゃんが主どんの頃は：

繁利　父ちゃんは百姓が好きだろが
好きだけんがまだすとだろがい。
ばってん　俺あ百姓ば好きでなっとっとじゃなかか。
兄ちゃんが本当(ほん)なこつは後(あと)ばとらにゃんとだろがい。
兄ちゃんは頭がよかけん百姓はもったいなかて
東京の大学までやってから
俺あ馬鹿だけん百姓ばせにゃんごつなったでしょうが

繁喜　そぎゃん事じゃなか
繁利　ほんなこったい　だけん百姓は皆馬鹿たい。
頭んよおして　よか大学まで行った奴どんな
誰も村に帰ってこんじゃなかね
馬鹿でん何でん　百姓が好きならよかたい
我慢もすっし　がまだしもするくさな
ばってんいやいやしよって
自動車ばし乗らにゃあ
なんの楽しみがあるっちゅうとね。
俺ばかりが車に乗るってにゃ言いよらんどがな
皆　乗っとっとばな：
人の車に乗せちもらうとは　もう嫌ばい
父ちゃんてちゃ：仕事ばかりせんてちゃあ
朝から晩まで地球削ってばっかおらんと、
たまにゃ　母ちゃんと旅行でんすっとよかばな。
千代子　繁利！　(たしなめる)
繁利　だってそぎゃんでしょうが　何の為に毎日毎日

あぎゃんがまだすとね　何か知らんばってん
俺ァ　父ちゃんみたいに一生がまだすだけなんていやばい。
：俺ァ　蟻や蜜蜂じゃねえ　ロボットじゃねえ

（泣きべそ　長い間）

繁喜　幾(いく)らすっとか？

繁利　え？

繁喜　車　幾らぐりゃあすっとかって言うとっとた‥

繁利　車？　買(こ)うちくるっとね　？

繁喜　……

繁利　うわぁ！　ほんなこつね　（今泣いたカラス）
やっぱ俺(おん)が父ちゃんは話んわかるばい
偉かあ　だけん俺ァ父ちゃん好きたい！

繁喜　親ば　馬鹿にすっとか！

繁利　んにゃ　んにゃ　ほんなこつ！　ほんーなこつ！

繁喜　ちょっと　待ってん
（躍り上がって奥の部屋に行く）
何だあ　あいつぁ　（呆れかえっている）

繁利　（繁利　カタログを一杯持って出てくる
政は日産にしたばってん　俺あトヨタん方がよか
クッションがよかもんな　マークII二〇〇〇
（カタログをみせて）
こったいね　よかでっしょうが？

繁喜　…

繁利　タイヤはスチールラジアルてちゃ　今んのは
クッションがようなっとってたい。
色は　俺あこれがよかとおもうばってん
父ちゃんはどっが好きな？

繁喜　（カタログを見ているが、一寸心配そうに）
こらぁ　幾らすっとか？

繁利　エアコン付けて　一九五萬でよかってたい。
ばってん　アルミホイールが四万円すっけん
いろいろオプション付くっと：
二百萬ちょっとぐらいだろ。
繁喜　二百萬！！　（絶句する）
繁利　（父の表情に頓着なく）
下取りん車が有んならそん分安なるばってん
最初だけんしょんなかたいね。
二年位で買い替ゆんなら半分位しか下がらんげなけん、
こん次はよかたい。
繁喜　何が　こん次は良かたいか！
繁利　は？
（しばらく黙って息子の顔を見ている）
繁喜　もちっと安か車はなかつか？
繁利　…：高かね？…：ちっと…：
繁喜　お！ちっと…：

繁利　……いくら位？
繁喜　…百万くらいた。
繁利　……ああ……
（意味が分かり、カタログをそっと片付け始める）
繁喜　明日　違うカタログをもろちくる。
うん　そぎゃんせい。
また　野菜でん高うなった時に良かつを買うた。
な…
繁利　（うなずく）

—母千代子　食器などを持って入ってくる—

千代子　台の上ば　片付けなっせ　飯ばな
—台の上に夕食の支度を始め、
食器を置いて台所に戻る—

繁利　父ちゃん

繁喜　何か？

繁利　もう一ちょ　頼みがあっと。

繁喜　まあた　何か買うちゅうとか？
　　　もう絶対できんぞ！　鐚（びた）一文できん。

繁利　何ね　買うちくれなんて言いばっするごつ
　　　そぎゃんこつじゃなか。

繁喜　あんま　たまがらすんな。
　　　主が　何か言うとろくなこつはなか。
　　　……何かあ　言うちみれ。

繁利　あんなあ　（もじもじしている）

繁喜　何かあ　ぐずぐずしてえ

繁利　あんなあ……

繁喜　やっぱり何か買うちゅうとだろうがい？

繁利　違うばな　あんなあ　（思い切って）
　　　嫁ば貰（もろ）ちくれ！

繁喜　嫁さ？

―　母も台所からひょいと首を出す　―

千代子　誰ばぁ？　何処ん娘ばぁ？
繁利　（小さな声で）　峰子
繁喜　え？
繁利　み　ね　こ
繁喜　美音子てあの四十後家のか？
繁利　何ば言うとかね　村山のたい。
繁喜　？・・あ・・
良ちゃんげの娘っこは峰子ちゅうたな　あの娘や？・・
繁利　（頷く）

―母も横に来て座る―

千代子　利は好きとか？
繁利　（頷く）
千代子　峰ちゃんもかな？

繁利　（首を振る）　分かんねえ
繁喜　峰子に気持ち聞いてねえつか？
繁利　うん　でも…嫌いじゃあねえとは思う。

（暫らく間）

繁喜　寝坊は出来なくなるばい。
繁利　ん？　ああ　一番に起きる！
繁喜　パチンコも出来んばい。
繁利　もう　あぎゃんこたぁ　卒業たい。
千代子　あの娘はよか娘たい。
繁利　よか娘ばい　そら〜よか娘ばい　明るいし、優しかけん　プロポーションも良かし　ぅヒヒ！
繁喜　いやらしか笑いばすんな　馬鹿！
千代子　良ちゃんが何て言わすどか…

（少し間）

繁喜　何、どうせ嫁にやらにゃんとだけん
　　　俺と良ちゃんの仲だけん心配いらんばい。
　　　そうか　峰子をな
　　　（繁利の顔を見ている）

繁利　そぎゃん　顔ば見なすなよ　恥ずかしかじゃなかね

繁喜　おい　一杯つけんかい

千代子　はいはい　（台所に行く）

繁喜　そうか　嫁か・・・

　　　―食卓のおかずをつまんで口に入れる
　　　繁利も同じように食べる―

千代子　燗（かん）つくっとね。

繁喜　んにゃ　そんままでよか

繁喜　峰子か・・・

―母　酒を持ってくる―

繁喜　（自分に注いで　息子に）おい

繁利　うん　（盃をとって受ける）

繁喜　おまえも　やらんか

千代子　そやね　ほんなら一杯だけ

―　三人　思いおもいに飲む　―

繁喜　そうか　峰子か・・・
明日　農協へ行ってから、一寸寄ってくるか・・
（息子に盃をさす　良いムード）

―　祖父風呂から上がってくる　―

千代子　祖父（じい）ちゃん

繁松　なんか
繁利　父ちゃんが　車買うちやらすてたい。
繁松　車？
千代子　利が　嫁をもらいたかてたい。
繁松　嫁？乗りもんばかり欲しがって馬鹿たれがぁ

—着物を着て牛小屋の方に行く—

千代子　（くすっとして）祖父ちゃんなもおぉ

—三人声をひそめて笑う
峰子　政男と登場入り口で重松と会う—

峰子　今晩わぁ　利ちゃんいますぅ？
政男　今晩わ

—繁松、中に向かって—

繁松　利　車が来たぞ

—牛小屋に去る—

峰子　え？

繁利　何てね　（と出て来るが峰子をみて慌てる）

あ！　今晩は

峰子　チェッ　祖父ちゃんな　まったくう！

政ちゃんが誘いに来てくれたけんね

利ちゃん行かるっとだろう？

繁利　ああ　行く行く

ちょっと待ってて　すぐ支度するけん

（政男に）

おめえ　先に行っとってえぇばい

政男　何でや？

繁利　何なか　こっちのこと　（奥に入る）

――峰子キョトン　政男少し不愉快
　母出て来る――

峰子　あ　おばさん　今晩は
政男　今晩は
千代子　今晩は　今夜はまた何(なん)かいた
峰子　青年団の、春の旅行の企画会議のあっとです。
千代子　そうかな　ま　ちょっと上がって
　茶どん呑んでいきなっせ、
　政ちゃんも　な
政男　よかです　ここに居ますけん（峰子に）な
峰子　はい　七時半に集まることになってるけど、
　役員は六時までに行って
　原案を作ろうって打ち合わせですけん
　せっかくばってん
　今夜はここで失礼します
千代子　そぎゃんかいた　じゃあ　またゆっくりとな

―繁喜も出て来る―

繁喜　あがりゃ　よかた
峰子　今晩は
政男　今晩は
繁喜　あ　今晩は

―繁喜と千代子ニコニコして峰子を見ている―

峰子　何か　おかしかですか？なんかついとっとですか？

―顔を触ったり身なりを改めて見る―

繁喜　んにゃんにゃ　何でんなか

―政男　益々不愉快そう―

―繁利　たいそうめかし込んで出て来る―

繁利　待たせたね　ごめん　ごめん
峰子　うわあ！　利ちゃん　かっこいい。
政男　今日はパーティじゃなかばい。
繁利　こるが　普段着たい　じゃ　行こうか

（母に）行ってくるばい

千代子　何時ごろ　帰るとね
繁利　分からん
峰子　十時ごろは終わると思います。
千代子　あまり　遅くならんごつせんと女子は
　家で心配するけんな
峰子　ハイ　じゃあ行ってきます。
政男　さようなら
—三人戻ってきた繁松に会釈して去る
　繁松、繁喜、千代子も家に戻る—

繁喜　（座りながら）　よか娘たい　あん娘は
千代子　気の利いとるごつしとらす。

——三人箸を取り食事を始める——

千代子　利は飯も食べんでいったばな
（繁松に向かって）
よか娘でっしょ？
繁松　馬とはなしにゃ乗ってみなけりゃ分からん
千代子　祖父ちゃんな　そぎゃん事ばかり言うちから
恥ずかしかね　ほんに　止めちはいよ。
繁松　…（食事に集中）

——峰子の父良輔、町役場の吏員を伴って登場
手に酒二升を下げている——

良輔　居るかな　繁ちゃん
何かな　今めしかな　えらい遅かな

千代子　（慌てて　口を拭いながら立ってくる）
今晩は　ほんに　ちょっと
いろいろあったもんですけん　今頃ですたい
今日は　また　何ごつですか
どうぞ　上がってはいよ

良輔　ちょっと　相談事があって来ましたとですたい
（上がりながら吏員に）ほう　あんたも　あがんなっせ

千代子　どうぞ　ざまなかですばってん
上がって下はりまっせ

吏員　はい　じゃあ失礼します。

—二人上がり千代子が座卓拭くのを待って座る。
千代子、部屋隅の座布団を持ってくる。—

千代子　どうぞ　あてて下さい。

良輔　もう　よかけん　かまいなすな

―繁喜出て来る―

繁喜　（吏員に）今晩は

吏員　今晩は　お邪魔します。

繁喜　（良輔に向かって）
えらいこつだったな　次しゃんな

良輔　ほんなこつばな
やっぱり農薬振るときにゃ合羽着て
どこも皮膚が出んようにしてやらんとぼぐばい
次しゃんな　あの位で済んだばってん
酒呑んでから何も着ねえで三十分も振ったら
絶対助からんげなばい。

繁喜　ばってん　息をせんわけにゃいかんけん
やっぱりちっとずつは吸い込もたいな。

病院なんかでも
農薬で肺や肝臓やられてるもんが
たいぎゃなおるばな
気をつけんといかんばい。
良輔　農薬使わんわけにはいかんしな・・・
ばってん都会の衆(しゅう)は強かばな
あげなもの食って、どぎゃんもならんとかな

―間―

良輔　今日は、いっちょ　相談が有って来たとたい
繁喜　何かな　改まって
良輔　土地の相談ばってんない
繁喜　土地？　家の土地かな　何処な？
良輔　ほう　日暮れ崎から川村しゃん抜ける
細か町道が有るだろがぃ

あん道ん　このごろ交通量が増えちから
大型が通る時ん離合場所がなくて
ダンプ同志がぶつかったらあとにつかえて
しんじゃならんげなもん。
そいで　繁ちゃんの、上端の畑の道沿いのところを
少しわけてもらえんどかって。
こん人は役場のひとばってん
相談してもらえんどかって、言うちきたもんだけん
兎に角話してみよかっちゅうて来たとたい。

繁喜　：はいはい　あそこなァ
そんで　どの位いるとかな？
―良輔　吏員に自分から話すように促す―

吏員　はい　あそこがですな
いっちょ測量もしてみましたとですばってん
やっぱ　幅四メートルで二十メートル位は
欲しかって話してましたとこですたい。

繁喜　メートルじゃあ分からんばってん、一畝ぐらいかね？
吏員　はあ　その位ですばいた。
繁喜　：その位ならよかろうなぁ：
吏員　（明るく）
なるべく補償を高く出せるようにしますけん
いっちょお願いします。
良輔　そぎゃんしてもらうと来た甲斐があったばな
いやぁ　繁しゃんよかな？

—急にとなりから—

繁松　俺ァ　売らんばい！
繁喜　祖父ちゃん！
繁松　売らんばな俺ァ　バカタレ
道が狭きゃぁ　車なんか　通るな！
繁喜　祖父ちゃん良ちゃんが来とらすとばな
繁松　良が来ようと　天皇陛下が来ようと

売らんもんは売らん。

—沈黙—

良輔 （吏員に目配せして首を振る）

吏員 あのぉ 幾らくらいなら売ってくれますか

繁松 馬鹿たれ！ 帰らんか。

—吏員吃驚する—

繁喜 祖父ちゃん そぎゃん言わんでちゃ…

吏員 （繁喜に手をあげて理解を示して）
今日はどうもいかんようですけん、
また祖父ちゃんの機嫌のよかとき
出直してきまっしょう。

繁喜 すいまっせんな

何せ　あの通りモッコスなもんですけん
家でも　手をやいとっとですたい。

―繁喜　ペコペコと謝り、
吏員　コソコソと帰って行く―

良輔　祖父ちゃんは相変わらずなあ
こぎゃんこつになりゃあせんかとは思っとったばってん
ほんなこつになったばい。

繁喜　すまんなあほんなこつ　折角来てもろうちから
気の毒さがのさん

良輔　よかよか　繁しゃんが謝ることはなかばな
それに　祖父ちゃんの気持ちも
分からんことも無かけんな。

繁松　良にゃ　分からん。

良輔　そぎゃんかもしれん・・・

どれ　わしも去のかな

——良輔　腰を上げようとする——

繁喜　良ちゃん

良輔　何かな

繁喜　こげな話になってから済まんばってん
今度は　わしから相談事が有るとたい

良輔　：ほう？　そうかね　ほんじゃ聞こかね。

——良輔座りなおす——

良輔　何かな　相談事っちゅうのは？

——繁喜改まって——

繁喜　こうゆうことは　ほんなこつは

ちゃんと　立てるべき人を立ててから
話に行くもんばってん
良ちゃんとわしの仲だけん　ざっくばらんに
内々の話だけでも聞いて貰おうと思ってな。

良輔　えらい　かしこまって言うちから
一体　何事かな？

繁喜　うちの　繁利も今年の九月で二十四になるとばな。

良輔　おお　利も　もうそげな年たいなあ
早かもんだのお
此の前　学校を出たと思っとったにイ
よう　がまだすだろが
ぼつぼつ　嫁ごを持たせにゃいかんばい
なあ

繁喜　そぎゃんたい！
そん嫁子ば持たしゅうと思っとっとたい。

良輔　それがよか　当人が貰う気があんなら
早く持たせるほうがよか。

繁喜　それが　当人が言い出したくらいだけんな
　　　心配いらんもんばな
良輔　ほうかな　そいで誰か相手があっとかな？
繁喜　そるが大ありたい
良輔　ほう　誰かな？
繁喜　分からんかな？
良輔　誰だろな？…あ　山崎げの富子だろ？
　　　うん　ありゃよかばな。
繁喜　ありゃ　まだ学校だろが。
良輔　そうか…いやぁ…井手端の小夜子かな？
繁喜　何て　鈍（にぶ）かこつ　ボケナス
良輔　あん？
繁喜　灯台　下暗（もとくら）した！
良輔　灯台？　は〜い？
　　　まさか　うちのミー子？
繁喜　そん　まさかたい。
良輔　ミー子をてや…ばってん　まだミー子は

オイちょっと待てェ
…　もうそんな年になったかのォ
―淋しげ―

繁喜　いますぐっちゅう事じゃなかばな
繁利がどうしても貰ってくれっちゅうし
かかあもえろう気にいっとるみたいだし
それに　おんも一番気心の知れている
良ちゃんげのむすめだけん、一も二もない気持ちとたい。
もし良ちゃんが良ければ
考えてみてくれんかの。
―千代子出て来る―

千代子　お願いします　良輔さん
良輔　…　兎に角　本人に聞いてみようたい
何と言うか…
返事はそれからにしてくれんな

繁喜　そりゃあもう　あたりまえのことたい
　　　峰ちゃんにもよろしう言っといちくれ。
良輔　：ほんなら　わしゃこれでごぶれいばします
　　　：お互いに年をとったのい。
　　　子供が嫁をとったり
　　　やったりする年じゃもんな
繁喜　ほんなこつな　ばってん　まだまだ
　　　若きゃあもんには譲（ゆず）れんばな　まあだまだ
良輔　そぎゃなあ　今んもんは
　　　何ば考えとるか分からんとこがあるけんな
　　　顎は三人前ばってん：
　　　そいじゃあ　おやすみな
繁喜　じゃあよろしく頼んます。
千代子　気いつけてお帰りなさいまっせ

―　良輔去る　―

―溶暗　一場了―

一幕　二場　牛と耕運機

―溶明―

―翌朝、千代子台所で朝食の後片付け
繁喜庭で鎌を研いでいる。
姿は無いが下手で繁松と繁利の声―

繁利　よかって！止めちくれって！　もう！
みっともなかでしょうが
矢部中(やべじゅう)さがしたって

繁松　今時　牛で田起こしする家はなかばな！
　　　せからしか
　　　ぬしに牛を引けって言いばっするごつ
　　　いらんこった。

—牛の声
　繁利　祖父の背中を押して登場—

繁利　田起こしは俺がすっけん。
　　　祖父ちゃんな
　　　熊本から頼まれた竹かごがあったでしょうが。
　　　もうたいぎゃあで作ってやんなっせよ

—繁喜を見て—
　　　父ちゃんもどぎゃんか止めちはいよ
　　　見苦しかなア　もう。

繁松　牛で田んぼ起こして何処が見苦しかか
　　　ぬしの耕運機なんぞ

繁利　油ばかり食うち、糞も垂れんどが
そんなもんで鋤いても
浅うしか鋤(す)かれんとぞ
よかけん　よかけん
(繁松を縁に座らせて)
来なすなよ　絶対！

―早足で下手に去る。
直ぐエンジンの音、遠ざかる。
繁松そっと見ているが、エンジンの音が遠ざかると、
ひょうきんな足取りですぐ牛小屋の方へ行く。

牛の鳴き声時折聞こえながら遠ざかる。
繁喜笑いながら見送っている。―
―入れ代わりに良輔登場
繁喜すぐみとめて立ち上がる―

繁喜　お早うさん　夕べはどうも　お疲れさんでした。
良輔　いやいや　こっちこそご迷惑でした
　あとから　もめんだったかな。
繁喜　祖父さんな　何も言わっさんだったばってん
　かかさんが気の毒がってな
　上がらんかいた。
良輔　もう　上がっちゃおらん　ここでよか
　―上がり端に腰を掛ける　繁喜も膶を
　叩いて向かい合って座る。―
繁喜　おい　茶を入れんか
千代子　はい。
良輔　朝っぱらから　もうかまいなすな
　直ぐ帰りますけん　（暫し下を向いているが）
　繁しゃん

繁喜　ああ
良輔　早速ばってん・・・　昨日の話しな
ありゃあ　無かったことにしてくれんかの
―繁喜　暫らく良輔の顔を見ているが―
繁喜　ほうかな　わしげにゃ　やれんかな
良輔　そげなこつじゃなかばい　わしはよかつばな
わしはむしろ喜んで居たつばい。
そら　ちった淋しかったばってん。
どうせ　何時かは　嫁にやらにゃんとだけん
わしらにとって一番可愛いか時なら
主げにもらわれても
一番もぞがってもらえる時だと思ったばな
・・・夕べミー子が帰ってきたなぁ・・
十時過ぎだったかな、
利に送ってきてもらったとじゃあなかとな。

繁喜　ああ…そぎゃんかもしれん
良輔　えらい機嫌が良くて、わしに茶ば入れてくれたりしてから
　　　色々話ばさすとたいね。
繁喜　ほうな
良輔　そんでな　あん話ばしてみよち思って聞いてみたとたい。
繁喜　うん　そんで？
良輔　利が主を嫁に欲しかってばい。ちゅうと
　　　からかいなすなっちゅうてから全然うちあわんとたい。
繁喜　ああ…
良輔　そいで　ほんなこつ利の父ちゃんから
　　　今夜その話が有ったつばいて言うたら
繁喜　言うたら？
良輔　うちは　農家には行かんちゅうて聞かんとたい。
　　　なしてやっちゅうたらな、
　　　農家の若い男は頼り無かって言うじゃなかや。
繁喜　そぎゃんそぎゃん
良輔　そってな　そりゃあ若きゃあうちは

そぎゃんな確（しっか）りしてるもんは無か、
主だっておなじた。
いっちょずつ　勉強したり、覚えたり、経験したりして
大人になって行くとだけんて言うたたい。

繁喜　そぎゃんそぎゃん

良輔　したらな　そげの意味の頼りじゃなか、
ただ　経験が多くなったり分別くさくなるのが
一人前なら誰だって年をとればなるじゃなかね
って言うとたい

繁喜　そぎゃんそぎゃん

良輔　どっちの味方かいた？もう
そいでな　じゃあどんな頼り甲斐かっていうたらな
父ちゃんに言っても分からんちゅうて
腹かいてしまうとたいな。
じゃあ　どうしても嫌かって言うたら
気を悪くせんで聞いちはいよ

繁喜　んにゃんにゃ

良輔　今の利ちゃんにゃ永久に行かんて言うとたい。
繁喜　永久！
良輔　ほんなら　利は嫌いか？って言うたら
嫌いでも好きでもなか　友達たい
うちはまだ父ちゃんの側に居たかけん
何処にも行かんって言うけん
もうわしはそれ以上なにも言えなかったとたい。
繁喜　…そぎゃん　なあ…
良輔　わしも困ってしもうたばってん、
もう少し経てば、また考えも変わるかも知れんと思うてな…
そげん訳じゃけん　ほんに済まんばってん
いっとき此の話は延べちから
今は無かったことにしてはいよ　な…

―二人とも暫らく無言　千代子茶を盆に載せたまま
台所から出てこれず立っている　やがて―

繁喜　よう分かったばな　良ちゃん

良輔　ほうかね　納得してくれるかね……
良かったばい……　どうもこげな話はな……
よか返事ならほんによかばってん
断る時の難しさが……

繁喜　ほんに　残念ばってん　本人がその気にならんなら
どうもならんもんな……
ま　親から見たって頼りにゃあならんな　全く。

良輔　なんも　そぎゃんこつがあるかな。
利はよか息子ばな　家のミー子がまだ子供で
我が儘とたい。……
朝っぱらから　済まんだったの……
じゃ　わしもこれでご無礼するけん
千代ちゃんにも気を悪うせんごつ
言うといてはいよな
ほんなら

繁喜　そらぁ　茶も出さんで済まんだったな
　ほんなら

―良輔帰っていく
繁喜　じっと考え込んでいる。
千代子　茶を持って来て
黙って繁喜の前におく
二人とも無言　ややあって―

繁喜　千代子
千代子　なんね。
繁喜　主が　わしんところへ嫁に来ようち決めた時ゃあ
　どげんじゃったとかの？
千代子　どげんじゃったとかのって・・・・
　私ゃ　貴方(ああた)んとこへ嫁に来るっちゅうことより
　此処(ここ)ん家(いえ)に嫁入りするちゅう気持ちんほうが強かったとよ。
　貴方んとこは・・・

南田の伯父さんが仲人だったでしょうが。
そんで
よう働くし、真面目な男だけんちゅうこつだけしか
聞いとらんだったもん。でも：
嫁に行くってことはそんなもんだと思ったけん
別に嫌だとも思わなかったもんね。
繁喜　ふうん　そぎゃんだったつかな：
千代子　十九で嫁に来て、
繁利が生まれて　すぐに千紗が生まれて：：
繁喜　ん　二人を前と後ろにかろうち
ようがまだしたのう
千代子　あんころに比べたら、
こぎゃん綺麗な手や足をしておられるなんて
夢んごつあるばい。手はあかぎれだらけで
足のかかとどもはひび割れて岩んごつなってなあ
一時も手を休める暇は無かったもん：
でも　体はほんにきつかったばってん、

繁喜　うちは、心はいつも明るかっちゅうか
先々できっといいことが有るような
気がしていたとよ‥どげないい事かは
分からんだったばってん
ああたと居れば必ずそうなるちゅうような
心が有ったですとたい。
千代子　（少し胸を張って）そげんじゃろう　うん
逆上（のぼ）せてもらっちゃ　困りますと
そげな心を私が持てたんは、
ああたのせいじゃ無かとですけん
繁喜　なんや？
千代子　うちは　それを祖母（ばあ）ちゃんから
授かったと思うとですたい。
繁喜　祖母ちゃんからや？
千代子　はーい　祖母ちゃんの、
祖父ちゃんに対する尽くし方ば見て思いましたと‥
祖父ちゃんと祖母ちゃんみたいに、

やることなすことん　よぉく似とる夫婦ば
うちは見たことは無かとたい。
祖父ちゃんが、堆肥小屋の堆肥に
竹を通して肥えの出来具合を二、三回見ると
唐芋の苗床を拵える用意。
何時見てるか知らんばってん
祖母ちゃんはちゃんと床枠の竹と藁ば揃えなはる。
祖父ちゃんが麦の穂を見始めると
祖母ちゃんはうちらに麦刈りの日を言いなはる。

繁喜　そぎゃんだったな

千代子　祖母ちゃんたちが、そげな話をしてるとこば
見も聴きもせんだったけん、
打ち合わせかなんかしとっと？って
祖母ちゃんに聞いてみたったい。
したら　なんも聞かん
聞かんてちゃ分かるくさっちゅうと。
何んで分かんなはると？って言ったら、

繁喜　言ったら？
千代子　そら　主人のしようとしている事が分からん様では
　女子は務まりまっしぇんって笑っておりましたと。
繁喜　…（肯いている）
千代子　不平や愚痴を聞いたことは一度も無いし、
　麦踏み、草取り…草取りって言えば
　いつも思い出すことが有るとよ。
繁喜　何な？
千代子　嫁に来て直ぐの頃、畑で屈んでいる祖母ちゃんに
　何しているんって聞いたら、
　草とりたいねって言うばってん
　そるが、見えんようなちいさな草たいね。
　よう見えますねって言うたら
　大百姓は草を見ないで草をとる
　小百姓は草を見てから草を取る
　そぎゃん言うたたい。…

今考えると、ほんなこつと思いますと
そんなこともこんなことも祖父ちゃんそっくり。

繁喜　一心同体だろたい。

千代子　うん　そいで　米でも野菜でも、村の誰にも負けん
良かもんを作りきらすとがねえ：
ああたもうちも　一生懸命加勢しましたばってん
あの頃の田んぼや畑で出来たもんは、
あの二人が作ったもんだと思えますとよ。

繁喜　そぎゃんだったなあ

千代子　うちは　祖父ちゃん達がそーにゃ羨ましかったとたい
あぎゃん夫婦は良かなあと心（しん）から思うたと。
：：ああたは　あの夫婦が育てなはった。：
だけん　ああたの考えている事やする事が
祖母ちゃんのように分かるようになれば
うったちも　あぎゃん楽しく立派なもんを作れる
よか夫婦になれると信じたとですたい。

繁喜　信じた：か：　ちっと　恥ずかしかな。

　　ばってん　主あほんにようがまだしたばい。

千代子　戦争が終わりになって、食べ物が足りのうなって
　　東京と名古屋からおじちゃん達が疎開してきて、
　　供出も厳しゅうなっている上に、三所帯も養ってから
　　祖父ちゃんも祖母ちゃんも自分の口には入れんでも
　　皆がひもじく無いように
　　何時も心を配っていたでしょうが……

繁喜　ほんなこつ　思い出すばい……

千代子　米でん　麦でん　他所(よそ)んちは何処(どこ)でん
　　あぎゃん隠していたちゅうに、
　　人の食べ物を作るのが俺(わし)の仕事たい。
　　そるが　食べ物を隠して
　　どぎゃんするかバカタレって言うち。

繁喜　わしも倉ん屋根裏に四俵ばかり上げといたら
　　祖母ちゃんに怒られちな。
　　ほんに　思い出すばな……
　　懐かしかなあ……

千代子　大概（たいぎゃ）あなら　女子は始末（しまっ）とるけん
自分からなおしとくばってん
あぎゃんことの考えも
祖父ちゃんと同じだったばいね…

―千代子茶を淹（い）れなおす。感慨深げに呑む―

千代子　今の娘さんは
自分の意思がはっきりしていて良かな…
繁喜　なんか　後悔しとるごつあるな?
千代子　まさか　とんでもなか
うちは幸せだと思っとりますばい。
ばってん　此の頃ああたがしていることは
昔ほどよく分かりまっしぇん。
なんか難しかこつの多（おお）して。

―間―

繁喜　分からん筈たい・・・
実際わしにもよう分からんことだらけたい。
何いっちょ作るにしたっちゃヘンテコな名前の
農薬や肥料を使わにゃんどが。
そるがほんなこつ必要なんかどうかは知らんばってん
よそが使えば、不安じゃけん
わしんとこも使うどがな
そいで　結果が良けりゃ　もう他の方法(やりかた)なんか
考えようともせんごつなるとばな。

千代子　：うちは今でも覚えとりますばい。
ああたが上畑にトマトを作った時のことば
皆　一尺五寸ばかりになったトマトん中に
太うなりきらんのが十本ばかりあったでしょうが
ああたは、そんトマトば一生懸命(いっしょけんめい)手を入れてから
とうとう他のより良かトマトば実(な)らせたでしょうが。
・・・

繁喜　ああ　あんこつな　そぎゃんだったなあ

千代子　そるが、この頃は、ちっと弱か苗がありゃぁ
　ピョイって抜いて打ち捨ててしまうでしょうが。
　弱か苗が病気に罹れば、
　他もやられるけんでしょうばってん
　…なんか心が変わってしまったごつ感じられて
　淋しゅうなるときが有りますとたい。
繁喜　…品種も変わって、育て方も違うちきたし…
　量も多く面積も広くなってきたけん…なんか昔より
　一ちょ一ちょに煩悩が無くなったとじゃなかろかね。
千代子　そぎゃんかもしれまっせんな…

—　間　—

繁喜　利が、こん前
　俺ァロボットじゃねえって言ったろがい
　ロボット…わしらもその内
　ロボットみたいになっていくとじゃなかろかな。

今はまだ違うかしらんばってん…
肥料や、育て方や、種をまく時期や、収穫時期まで
いちいち、聞かなん分からんごつなっちから。

千代子　馬鹿ばかり言うち。
それじゃ百姓は居なくなっちまいますどが。
そげな百姓なら、利の言うごつ
ほんに馬鹿ばかりんなりますばい。
そぎゃん農家なら、うちは何回生まれ変われても
どぎゃん金持ちでも嫁には行きまっしぇん。
峰ちゃんじゃなかばってん永久にな。

繁喜　なんもかも時代の所為（せい）にして、
一年に何ぼも使わん機械ばかし買（こ）うち
借金が増えるばかりでな、
ほんにどぎゃんなるとじゃろうと
思うときが有るばな…　馬鹿とあまりかわらんな……
祖父ちゃんのこと、新家の爺さんが
百姓馬鹿だって言いよらしたことがあったばってん

百姓馬鹿と馬鹿百姓じゃあ月とスッポンたい。

千代子　祖父ちゃん達は、

ほんに　百姓に必要な事ばよう知っとったと思わんね。

うちらは、本当に百姓に必要な事以外の事に

気を囚われていることが

多すぎるような気がすっとたい。

繁喜　利にゃあ　勉強してもらわにゃあいかんなあ。

千代子　うったちも　まちっと考えにゃあ駄目ばいね。

—繁利帰ってくる—

繁利　参ったなあ　耕運機が動かんとたい。

—繁喜　千代子少々狼狽気味—

千代子　燃料は入れとったつね？

繁利　燃料は、出かけるときに入れとったけん。

　またノズルが悪かつだろうたい。
　農協に電話してはいよ。

千代子　よかよ（電話を掛けに行く）

繁喜　祖父ちゃんな？

繁利　祖父ちゃんな　耕運機がうっ止まったとたんに
　ニコニコしてから、牛にむかって
　主ゃ故障せんけんなあって言うちから
　ほんに嫌味ん如（ご）たる。

―　千代子　電話口から　―

千代子　国武さんが今出とらすげなけん
　一時間ばかししたら来らすげな。

繁利　よかよか　そん間、祖父ちゃんが
　一人でしようらすど。

—繁利　台所に行って水を飲んできて
　繁喜の側に座る—

繁利　農協に何時行くと?

繁喜　あ!　今から行って来ようたい。

繁利　……(一寸　照れ気味)
　　　……峰子げにゃ　行かんとだろ?

　　　— 繁喜　千代子顔を見合わせる　— 間 —

繁喜　利。

繁利　ああ?

千代子　ああた!(制する)

繁喜　ばってん　どうせ話さにゃんどが。

千代子　そるばってん　そげん　今　言わんでちゃ!

繁利　何な?　父ちゃん

千代子　何でんなか

―繁利　二人の顔を見比べている―

千代子　ほんなこつ　何でんなかよ。

繁喜　よかたい　もう　わしが話すけん。

……利……

繁利　うん……

繁喜　車は　約束どおり買うちゃるけん
主の欲しかつば買え。

繁利　よかよか　俺も夕べ考えたったい。
なんも　初めは新車でなくてんよか。
ぶっつけでもしたら　勿体なかけん
後から、政と中古車を見に行くごつしよかと
思っとったい。

繁喜　そうか……

そぎゃんしてくれるなら助かるばってん……
話はな：もう一ちょの方たい。

繁利　：？：峰子んこと？

繁喜　…まあだ　早かてたい。

繁利　早か？　もう話をしたとね。

繁喜　（頷いて）
主にゃ　言わんだったばってん
夕べ　峰子ん父ちゃんの来らしたとたい。

繁利　それで？

繁喜　それで……主が畑へ行ってから直ぐ来らしてな
今しがた帰らしたたい。

繁利　（唾を呑み込んで）
それで　何と言うとらしたと？

繁喜　まだ峰ちゃんにその気が無かてったい
だけん　此の話はまだ先にした方がよかばい。
主もまだ　ちっと若かけん
もちっと先でも良かどが？

繁利　断らしたとだろたい？！

千代子　あんな　峰ちゃんはまだ家に居りたかてたい。
　父ちゃんの側におりたかてたい。

―繁利下を向いて感情をこらえているが
　急に飛び出していく―

千代子　利！（後を追って戸口まで行く）

繁喜　そっとしとけ

千代子　ばってん：　（と言って下手に追って行く）

―　繁喜、腕組みをして座り込む　―

―　溶暗　―

―　溶明　―

――夜　十二時前　炬燵の間
繁松　繁喜　千代子　千紗　座っている。
時計が十二時を打つ。千代子時計を見る。
風の音、戸がカタカタと鳴る。――

千紗　兄ちゃん？

(急いで立って行き、戸を開けてみる。
誰も居ないので戻ってきて座る)

繁喜　千紗はもう寝らんか
千代子　明日がきつかけ　寝なっせ
千紗　うん：　(頷いただけ)
千代子　やっぱし　言わにゃ良かったとたい
繁喜　何時までも言うな！
千代子　ばってん・・・
繁喜　主も　もう寝らんかい。心配要らんが男だけん気持ちん治まりゃ帰ってくるが。

―裏戸が開いて繁利入って来るが、
入り口に佇む―

千紗　兄ちゃん！
千代子　利！
繁喜　（安心と同時に怒りがこみあげて　立ち上がる―
利！　主ゃ！
千代子　ああた！（制して）
ひもじかろ　さ　早よう入んなっせ
千紗　何処へ行ってたつね
皆に心配かけてからぁ

―兄を引っ張って部屋に入れる
繁利座る。千代子素早く食事を整える
繁利　黙って食べる。皆無言

——二杯目の途中　急に顔を上げて——

繁利　父ちゃん
繁喜　何か？

——間——

繁利　俺に　トマト作らせてくれ
繁喜　トマト作らせって　作っとるどが
繁利　んにゃ　俺一人で作らせてくれ
繁喜　一人でや？
繁利　誰も口出さんで欲しかと。
教わりたかこつがあれば、俺の方から聞くけんな　よかろ　させちはいよ。
繁喜　トマトは一人じゃ無理ばい　他のもんならよかばってん
千代子　良かじゃなかね
利がしたいって言うとっとだけん
させてやってはいよ　自分で言いだしたとだけん

頑張らすが　な。
繁喜　……　よかたい　やってみったい。
繁利　ありがと！（間　飯を食べ終わる）
じゃあ　俺　もう寝るけん
（立ち上がって去ろうとするが、立ち止まり）
ご心配かけました。
―四人無言　繁喜煙草を取り出して吸う
深く吸って吐く。
祖父黙って立ち上がり奥に消える―

一幕　了

第二幕　第一場　トマト畑

―　音楽　軽快なもの　―

ナレーション　（以下　幕が上がるまで声のみ）

一反余の繁利のトマト畑の直ぐ隣に
何を考えたのか二畝ばかりの繁松のトマト畑
相変わらずの口喧嘩の毎日が続いて三月（みつき）
牛と耕運機の競争も今や中盤戦です。

繁利　（元気な声）せからしかなあ
俺は　ちゃんと皆から聞いたり、
本を読んだりして、肥料もやっとるし消毒もしとる。
間違い無かけん　心配いらんと

繁松　バカタレ！　人様の子でも　同じように育ててん
弱か子も強か子も出来っとぞ。
頭んよか子も　ちっと足りんのも出来る。
そげん　一様なかんがえで、生きもんが育つか。

繁利　祖父ちゃんの畑と量が違うけん
そぎゃんことしちゃおれんと
ちゃんと計算して有るけん心配いらんと

—音楽がクロスフェード　ややスローテンポ—
—ナレーション
耕運機の後を付いていく牛の声も長閑(のどか)に、又三月(みつき)
ゴールインも近づいてきました。

繁松　利！　主の土を見てみい、
そげん　問題にしなくても　ええくさい
土の色なんて成分のバランスさえとれていれば
今は、水栽培ででも出来るぐらいだけん
追肥も順調に利いてるけんな
学校の運動場ばしか
こぎゃん軽か色をさせちから

繁利　今朝、消毒しといたけん、大丈夫たいね

—音楽　クロスフェード　暗いもの—

繁利　なんか　葉の色が変だけん

ちょっと　農協に行ってくる。

―音楽続く　元気な牛の声―

―音楽　フェードアウト―

―静かに幕が上がる―

トマト畑。

上手八割くらい繁利のトマト畑

あまり実が生っていない。

下手繁松のトマト畑

赤々と立派な実が下がっている。

繁利　呆然として立っている。

繁利　なして　こんな・・・

肥料も　消毒も　同じように・・みんなと

同じように・・本も読んで・・やったのに・・

これが出来たら峰子に　も一度　もう一度
俺から言おうと思ったのに・・
皆　駄目だ　駄目だ・・・　畜生　畜生！
（声を殺して泣く）

——繁松　上手より登場
繁利の後ろで見ている。
繁利、気がつき　慌てて涙を拭う。
繁松　黙って繁利の畑の土をつまんで
掌に載せて良く見ているが
一部をつまんで口に入れ
一寸味わって吐き出す。
ゆっくり自分の畑に入って熟れたトマトを
二つ　もいで一つを繁利に渡す。
繁利それを取ると地面に叩きつける。——

繁松　バカタレ・・

――繁松　潰れたトマトをゆっくり拾って
　上手に戻りながら――

繁松　土を殺してしもうち　何が百姓か
主一代の土じゃなかっぞ！

――繁利　やにわに自分の畑に飛び込んで
無茶苦茶に暴れまわる。
が　暫らくして我を取り戻す。
拳を握って繁松の畑を見る。
自分の畑に目を移すと
パッと一握り手に採る
暫らく見ているがそっと口に近づける
舌に乗せると　ペッペッと吐き出す。
暫らく　ペッペッと顔を顰めているが
繁松の畑に入り、土を舌に乗せてみる――。

繁利　同じじゃねえか！

—繁利繁松のトマトの前に座り込む。
初め　ぼんやりトマトを見ているが
次第にトマトに目を凝らし始める
葉に触り、幹を確かめ、根の周りを
少し掘ってみる。
トマトを一つ採って齧（かじ）る。もう一口
長い間
次第に体に生気が漲（みなぎ）ってくる。

上手より千紗が走って来る。

千紗　兄ちゃん　大変よ〜
御祖父ちゃんが戸口ん前で倒れなはったと！
繁利　エッ！？　（一瞬棒立ち）

―　二人　走り去る　―

―　暗転　　一場了―

―　幕　―

第二幕　第二場　祖父からの贈物

―幕が開く

―炬燵の間、炬燵のあった処に

上手を枕に布団―

―布団に繁松　周りに皆集まっている

医師　注射が終わる

繁松　何か言いたげな仕草―

千代子　何か　祖父ちゃんの　言いよらすよ。
繁喜　何な　祖父ちゃん　何な　は？　ん？
　利かな：　おい利
　祖父ちゃんの呼びよらすぞ
　早う　此処にけぇ
―繁利　耳を寄せて―
繁利　なんね　祖父ちゃん　なんね
　：：：　え？　：：：　土？　：　此処えな？
　うん　分かった　すぐ持ってくるけん
　待っときなっせよ
―裸足で駆け出る―
千代子　？　何てね　土てね？
千紗　土ば　どぎゃんすっとだろ？

—医師の目を見る。　沈黙
繁利息せき切って戻り座る。
両手にしっかりと土を握っている—

繁利　祖父ちゃん　持って来たばい　ほら
こっちが祖父ちゃんの畑の土
これが俺の畑の土

—繁松　手を伸べようとするが　出来ない
繁利　その手に土を握らせる
繁松しっかりと握る。　震える手を繁利が握る。
繁松何か言う—

繁利　何ね　祖父ちゃん　何ね
父ちゃん　俺にゃ　分からん
繁喜　何な　祖父ちゃん　（耳を近づける）
え？　ん・・・　ん？　（はっと　顔を上げ）

先生！

—医師　直ぐに脈を取り
耳に鼻を近づけてから　瞳を見る
繁喜と千代子に目配せをしてから
玄関に行く　小声で（観客に聞こえなくて良い）—

医師　会わせて於かれたい方が有れば
呼ばれたほうがいいでしょう。
私は、もう一人診なければなりませんので
また後で参ります。容態が変わりましたら
お電話ください。・・・　では
（鞄を持って立ち去る）

千代子　祖父ちゃん！・・（泣き伏す）

—繁利　呆然としている。
　繁喜はじっと繁松の顔を凝視している—

千紗　御祖父ちゃん！　（わっと泣き出す）

　— 間 —

繁利　（繁松の手をしっかりと、とって）
　祖父ちゃん！　死ぬなよ！　な！　死なんではいよ！
　死んだら　もう　何も　教えて貰えんじゃなかね！
　まだ　俺は　この土が　どぎゃん違うとか分からんとばい。
　ばってん　今に　分かるようになるけん。
　必ずなるけん。な　必ずなるけん
　だから　生きとってはいよ！　な　祖父ちゃん
　頼むよ　死なんではいよ！

繁喜　利：

繁利　父ちゃん　（肩にすがる）

—　間　皆下を向いて　—

千紗　父ちゃん

—繁喜　顔を上げる

千紗　泣き声で—

千紗　祖父ちゃんは　さっき　何を言いなはったとね・・・・

繁喜　・・・よくは　分かんなかったども
ありがとう　って言うたごつあった。

千代子　有難う？　ああたにな？

—繁喜　首を捻る—

千代子　誰んだろう？

―　間　―

千紗　（繁松の手をぼんやりとみて）
この土にだろか？

―　皆　無言　繁利自分の手を開いて残った土を見つめる　―

―　静かに　幕　―

第三幕　第一場　峰子と（峰子の追想）

―峰子の部屋と芝山の場面の、左右正面をホリゾント仕様、丘を奥から押し出し装置等にするなど転換時間の短縮を企る。―

峰子の部屋　午後日暮れ前
正面　本棚など
上手　壁と襖
下手　西の腰窓
窓辺に机　椅子

―峰子　机に頬杖をついて窓の外を見ている。―

―音楽　峰子の追想―

―繁利と峰子の会話の声―

峰子　利ちゃん
繁利　えっ　あ　峰ちゃん
峰子　一人で　何してんの？
繁利　峰ちゃんこそ　なして？
峰子　うん　山出（やまいで）の叔父さんのところに行って帰り。
そしたら　芝山の高か所に、
誰か座っているみたいだったけん
誰だろかて思って、
よう見たら利ちゃんのごつみたいだったけん
登って来たつよ。ああきつか
なにしよるん？
繁利　うん　此処へは　俺が小学校のとき
家ん祖父ちゃんと牛を繋ぎによう来たとたい
今日　なんとなく来て見たくなってね・・
そしたら　もう祖父ちゃんのことが
色々　想い出されちから。
峰子　そぎゃんだったつね・・・

繁利　利ちゃん　頬っぺたん涙が見えるよ
峰子　あ　涙じゃなかばい
　　そぎゃんね　んふふ…
　　よか祖父ちゃんだったんだよね
　　じゃ　涙くんに付き合って
　　利ちゃんと祖父ちゃんの
　　思い出話を聞こかな

　　―閉幕または溶暗　音楽　フェードイン

第二場　場面転換　祖父の場所　―

　　―開幕または溶明　音楽　フェードアウト

　　―柴山の一本松、
　　繁利、峰子木の根方に

正面やや下手よりを向いて並んで座っている——

繁利　祖父ちゃんは、夏でも冬でも朝になると
外が明るくなる前に必ず起きていた。
空が白々としてきて、辺りが見えるようになると
雨や雪が降らない日は、庭に出て
周りの山や空や畑や庭を
暫らく眺めているのが癖だった。
季節の変わり目でもなければ、
辺りの佇まいも特別変わる筈でもないし
よく飽きないものだと思っていたけど、
あれは、ただ景色を眺めていたのでは無かったんだ。

峰子　・・・・？

繁利　小学校五年のとき、田んぼの水の見回りに
祖父ちゃんと行った事があった。
畦の側にあった二、三本の稗を抜きながら

祖父ちゃんは、この稲も、畑の野菜も
人間が眠っている間も大きくなって
人間の食べ物となってくれるとぞって言っていた。
あの朝のひと時は、新しい一日が始まるとき
自分が眠っていたその時間を埋めるために、
昨日と今日との時間を心の中で繋ぐために
必要だったのだろうとおもう。
親父の押すブザーの音で
嫌々ながら起きる俺の朝と比べて、
祖父ちゃんの朝はなんて素晴らしく
深みのある朝だったんだろう。

峰子　……　利ちゃん　なんか素敵……

繁利　あの日、峰ちゃんに結婚を断られてショックだった。
悲しかったし、癪(しゃく)さわったし、
どっかへ行ってしまいたかった。

峰子　……　ごめんなさい……

繁利　此処に来て、この木に寄りかかって、

一日中、夜中まで考えた。
初めは、峰ちゃんや峰ちゃんの父さんや
家の親父やおふくろまで
何もかも癪だった。
でも、何時間もこうしている内に　俺は
自分が何も一人前に出来ないなって思えてきたんだ。
嫁さんを貰っても、何ひとつ
嫁さんに話してやることも出来ない
何ひとつ満足に・・・
そう思ったら、何か恥ずかしくなってきてね。

峰子　だからトマトを？

繁利　うん　だから俺はトマトを作ろうって考えたんだ。
何とかして祖父ちゃんや親父の作るようなものと
同じトマトを自分で作ってみようと思ったんだ。
・・・・・結果はあの通りだった。・・・・・
肥料や消毒をきちんと計算してやったつもりの
俺のトマトは食べ物にはならないような出来で、

峰子　……トマトの顔色と、土の色を見ていた
祖父ちゃんのトマトは立派で美味しい実をつけた。
……あの葉の色とあの幹の逞しさ、
そして：
土にしがみ付いているような根と
根を抱きしめているような土
今でもよく分からないけど、
土の命って言うのかなあ
あの時、不思議な感動が沸いて来たんだ。
……土の：いのち？……土の命……

― 音楽 ―

繁利　俺は、自分は
百姓には一番向いていない人間だと思っていた。
一度しか生きてこない人生なのに、
親父のように土いじりばかりして、

一生終わるなんて真っ平だと思っていた。
やっちゃんや、麻島の幹雄のように
都会に出て綺麗な生活をしたいと思っていた。
でも今度兄貴が東京から帰ってきて、
給料が上がった話とか、家を新しく建てるとか、
ロードショウを必ず観に行くとか
という話を聞いている内に、
兄貴は、自分たちの生活の楽しみのことばかりに
捉われている様な気がした。
兄貴の仕事は、一日に何百何千という伝票や書類を
整理したり複写したりする仕事だそうだ。
商事会社ってのはそんな仕事が
金になるんだとも言っていた。
でも、その日にやる自分の仕事が、
世の中とどんな結びつきがあるかなんて事は、
あまり考えていないようだった。
その兄貴がお袋の持ってきたトマトを、

こりゃあ美味い。
東京ではこんな美味いトマトは食べられませんよ。
やっぱり家のは美味いなあ
なんて東京弁でしゃべって六つも食べてしまった。
次々にトマトを平らげていく兄貴を見ていたら、
兄貴の顔がいつか見知らぬ人の顔に、
全く見たことも無い他人の顔に見えてきたんだ。
美味そうに一生懸命トマトを食べている知らない人にだよ。
ギクッとして我に返ったら、
また兄貴の顔に戻ってトマトを食べていた。

峰子　へええ　何でだろ　不思議ねえ
繁利　その時　ふっと祖父ちゃんの声がした。
人様の命を繋ぐものを作ることは
世の中で一番大切な仕事ばい。
そうだと思った。
自分の仕事に喜びと誇りを持つことが出来るためには、

まずその仕事が持っている
本当の意味と値打ちを知らなければいけないんだ。
祖父ちゃんは、世の中に自分のものなんか
一つも無かばなとも言っていた。
でも、炬燵の間の祖父ちゃんの座っていたあの場所は、
祖父ちゃんが一生をかけて自然から授かった
祖父ちゃんの場所なんだ。
昨日、葬式から帰って、
俺は祖父ちゃんの場所に座ってみた。
たった座布団一枚のあの場所が
あんなに広い場所だったとは思わなかった。
あそこに座って目を閉じると
家の中に居ることが全く感じられなくて、
なんと言うか自然の中に座っているような気がする。
何故か分からないけれども、
まだとってもあそこには座れないと思った。

峰子　……　祖父ちゃんの場所……なんだ…

繁利　土を舐めてみるなんて事は理屈で出来ることじゃあない。
又、土が好きだなんてだけの
甘いもんじゃないとは分かっているつもりだ。
うまく言えないけれど、
朝霧で装（よそお）ったトマトを見つめながら、
ふっと掬（すく）った土を口に含んでみる。
そんなことが出来るようになってからでなければ、
トマトと話が出来るような百姓にはなれないんだなあ……。

峰子　利ちゃん……詩人みたい……

繁利　……俺は祖父ちゃんのように土の味などまだ分からないけど、
百姓って仕事が、自分にとってどんな意味や価値を持つのか
土と一生をともにしていくことが、
自分が生まれてきたこととどんな関係があるのかを
はっきりさせていこうと思う。

・・・
たった一畝ぐらいの畑を、どんなに金を積んでも
売ろうとしなかった祖父ちゃんのモッコスは、
今考えてみるとくそ意地だったんじゃない。
一度　田や畑にした土は、
百姓にとってはその辺の道路や、屋敷の土とは
全く意味や価値の違うものなんだと言いたかったんだ。
・・・
この半年間、俺は色々なことを知った。
この次の半年も、その次の半年も、
俺はもっともっと色々な勉強をしたい。
そして本当の食べ物を
沢山の人たちの命のために作り続けたい。

—音楽　音量2　フェードイン—

何時かは、きっと何時かは、俺も祖父ちゃんのように、

自分の畑の、一握りの土を握って、
土に　有難うよって言って死ねるような、
そんな百姓になりたい。
土に有難うって言って死ねるような。

—峰子、繁利　眼差しを、夕映えの遠く彼方へ。
暫し無言—

峰子　（眼差しをそのままに）
利ちゃん…もし、もしもよ…
私で良かったら…一緒にお手伝いさせて

繁利　峰ちゃん…

—意外な面持ち。やがて感動に変わる。
峰子顔を繁利のほうに向ける。
二人、お互いの視線をしっかり受け止める。
繁利無言で頷く。

どちらからとも無く手を握り合い、
再び夕映えに顔を向ける。—

—溶暗　音楽続く—

第三場　場面転換　フィナーレ

—音楽フェードアウト

—溶明—

—再び峰子の部屋　峰子の追想に戻る
照明　夕映えの薄暮—

母の声　峰子　ご飯だよぉー

—　峰子はっとして我に返り　明るく　明るく　—

峰子　はーーーい！

―立ち上がって机に手を付き、眼差しを遠くに

横顔に夕映えが赤い―

―音楽　フェードイン―

―静かに　幕―

終

「祖父の場所」あとがき

昭和五十五年　第二十二回熊本県総合青年祭　演劇の部最優秀受賞
　　　　　　　第二十九回全国青年大会　演劇の部優秀賞（順位無し）

この作品は、私にとって、しみじみとした懐かしさを起こさせる。
以下に、昭和五十五年度の矢部町青年団機関紙第十六に記載された
私の小文があるので、あとがきに代えることにします。

　　青年に静かな拍手を

　　　　　　　　　　　　　　全国大会顧問　前田和興

　去年の七月も半ばの或る夜、一人の娘が私を訪れて来た。
確かその時私には来客があり、気忙しかったことも手伝って、
細かい記憶は無いのだが、「あのですねぇ…」
語調迄、何んとも覚束ない台詞で始ったその娘の訪問の趣意は、

今度青年団の総合祭が当地で開催されるので、
演劇をやらねばならないのだが、
その脚本の選定の相談に乗って欲しい、というものだった。
上演日は十月の上旬頃、
上演時間に五十分制限がついていることもあって、
私の仕事のスケジュールからみても、
脚本を書くというのは無理のようであった。
　それで、これまでの、上演脚本を尋ねてみたのだが、
あまり定かではなく、よくサークル等で取り上げられるような名前の
脚本が一つ聞かれた程度だった。
私は、私の家屋の一部に事務所を持つ演劇サークルの、
手持ちの脚本の中から、まあ、上演出来るかもしれないものを、
二、三選び出して手渡しながら、仕事の都合上、協力できなくて
済まないが、というような言い訳をしたように思う。
　その時その娘が、「おっ母さんを観てしまったから、
他の脚本を読んでも、やろうとゆう気が湧かない。」と言うのを聞いて、
ふと一昨年、４Ｈクラブの青年達に頼まれて書いた脚本の有ったことを

思い出して探し出し、「一応参考のために目を通してみて下さい。でも、上演時間は、一時間四十分を超えるだろうから無論上演する事は出来ないけれども……」と言って手渡したものだった。
再度、その娘が私を訪れた時は、
すでに私の脚本を上演する意思を固めていたらしく、
何とかその選定を諦めさせようとする私の言葉にも、
どこか小芥子にも似た愛らしい頸を、意固地に縦に振ろうとしなかった。
とうとう根負けした形の私に協力を承諾させて、
意気揚々と娘が引き上げてから、
部屋に戻って、早速スケジュールの調整を始めた時、
初めて、その予想される困難に気付き、思わず深い吐息がついて出た。
　コンクールといえば、やはり、その優劣が競われる場に臨まなくてはならない。演劇の経験など、ほとんど無いに近い地方の若者が、
いくら身近なテーマにせよ、
　果たしてどれだけの成果が収められるものか。
これから、脚本の修正、スタッフ、キャストの選定の期間を除けば、

おそらく一ヶ月にも満たない練習期間。
それも、夜間にその時間が限られるとしたならば、
そのハードスケジュールの故に、演劇の楽しさ等、
全く味わうことなく、厳しさがもたらす苦痛だけが
思い出として残るのではないだろうか。
それだけならまだしも、コンクールの評価によっては、
その打撃に追い打ちを掛けることになる。
困ったことを引き受けたものだ。特に、此の地方は、
スポーツは盛んだが、文化面の活動となるとさほど目立つものは無い。
すなはちその素地に乏しいのだ。
スポーツの体を動かす部分を、演劇では思考に宛てなくてはならない。
それは、それに興味や、才能の有る者を除いては、
かなりの抵抗と苦痛を感じるものなのだ。
　しかし、このような私の思いを杞憂にして、
青年たちの動きと取り組みは目覚ましいものであった。
主軸となった幾人かの他は、名の通りのエキストラであったが、
練習の回を重ねる毎に真剣さも増し、演劇の持つ特性、

つまり舞台装置の造形、効果の音場、照明の色と光
そしてキャストの動きと言葉が、一つの空間と時間に集中される
総合的性質の故か、チームワークもよくなり、
演劇の技術的な完成度より取り組みの情熱が上まわって
舞台に感じられることが、かえって素朴な自由であり、
且つ豊かな劇表現となって進行を助けているのだった。
　経験的、技術的には全く未熟な彼らをこのようにさせているのは、
多分二つのもの、その一つは此の脚本のテーマ、
即ち、現代の農村に於ける農業後継者として生まれた宿命感を、
社会の正しい生産関係を認識する事によって、
　自己の人生の理念にまで高めること。
そのために先ず劇中の祖父、ちち、子の三代の意識の違いを、
産業主義の渦中にまき込まれ、流され続ける現実の姿の中に
　理由付けけをしてゆくこと、に
少なからず共感を覚え始めたからであり、もう一つは、
一日の仕事を終えて、各々の娯楽のために使っていた夜の一刻を、
おぼろげながらも何らかの意義を感じられる目標の為に、

二十人余りの若者が、溢れるエネルギーを一点に注ぐことへの楽しさが、一つの生甲斐の様なものを与えていた。そう思うのである。

県レベルでの優勝が決定したとき、私は、仕事のため彼らと共に居ることが出来なかった。がその瞬間の彼ら一人一人の表情は、想像して余りあるものだった。未知な世界に、力一杯、手探りで挑んで勝ち取ったもの、審査員の評価が結果を左右しているとはいえ、彼らが得たものは、知的な世界で一つの水準に達し得たという喜びに他ならなかっただろう。

十一月初旬に決まった全国大会に向って、九月末から、ほとんど連夜の練習が続いた。特訓も重ねた。リハーサルの公演も二度経験しなんとか安定した状態で出発の日を迎えた。

大きな舞台装置を東京までトラックで運ぶ彼等、それを日向まで見送りにいった彼等、

仕事の都合で遅れて到着した私を、
　懐かしそうな笑顔で迎えてくれた彼等、
上演前日の夜半まで懸命に練習をした彼等、
舞台の袖で、不安と緊張で細かく震えていた彼等、
そして、成績の発表の後、目黒公会堂の玄関前の広場で、
　演出を胴上げしていた彼等。

　帰りのフェリーの夜更け、無心に眠り続ける彼らを、
私は一人一人その寝顔を見て廻った。
二つの季節をつないだドラマが終わろうとしている。
一体この若者は今、何を夢見ているのだろう。
一つの目的を果たし、
明日からは又元の生活に帰ってゆくこの青年達に、
私は青春の日への善き贈り物が出来たのだろうか。
その現実の生活の中で心の糧となるような
種を播くことが出来ただろうか。
言い知れぬいとおしさと淋しさの中で、

私はあの七月の夜のドラマの始まりを思い起こしていた。

今、彼らは、新しい舞台、青年文庫の設立に取り掛かっている。
自分たちの人生を、自分たちの力で創り上げてゆけるように、
自分たちの人生が、他の人生にも役立つことが出来るように。
それは、あたかもあのドラマが彼らの情熱と努力によって創り出され、
それを支え励ましてくれた多くの団員たちの心によって
実を結んだ事への自覚が、
静かな感動となって定着しつつあるかのように感じられる。

今、青年達に本当に必要なものは何か？
その答えは、新しく始るこのドラマの中で、
きっと彼等自身がつきとめ、取り組み、解決してゆくに違いない。
この舞台にはスポットライトはない。
しかし厳しい矢部の冬の一夜に、
音もなく幕開けされた彼等青年たちの静かな舞台に、
私達も静かな温かい拍手をいつまでも送り続けたい。

平成二十二年度熊本県文化財保護協会研修会講演

演題

「一振りの刀」

（阿蘇家に関わる目丸のお話）

皆さん今日は。平成二十二年も、師走も半ばを過ぎようとしています。

そのようなご多用の中、又ご高齢の方々には、高冷地の寒さと遠路をも厭われず、文化財の保護、保存、又其の価値の発掘と継承の研修のため、今日ここに、私たちの山都町においでくださいましたことに敬意を持ちまして、心より歓迎を申し上げます。私は、ただいまご紹介に預かりました前田和興と申します。ご紹介の肩書きは戯曲作家とありますが、決して作家などというものではありません。又、日々文化財保護の任に当たられておられる皆様のような専門家でもなく、数年前まで当山都町の図書館長を務めておりました経歴があるだけの、文化財に関しては正真正銘の素人です。其の素人の私になぜこのようなところでお話をしなければならなくなったかという経緯は今日はひとまずおく事と致します。（原稿について一言）そこで、改めまして文化財という言葉を辞書で確認いたしますと、「文化価値を有するもの。文化活動の客観的所産としての諸事象または諸事物であり、文化財保護法で、保護の対象として取り上げた、有形文化財、無形文化財、民俗資料、史跡名勝天然記念物の四種。」とあり、其の文化財の保存及び活用ならびに調査研究をされるのが、文化財保護委員の皆様方であると改めて認識をさせていただいたしだいで御座います。其の皆様に、此のお話が文化財保護の研修にどれだけの寄与をさせていただくことが出来るのかは皆目不明であります。誠に申し訳御座いませんが、ささやかなエピソードや物語としてお聞きいただければ幸いに存じます。それでは、与えられました時間も餘り御座いませんので早速お話をさせていただきます。

今日お聞きいただきます話の演題は、ここにありますように「一振りの刀」であります。この「一振りの刀」は、副題にもありますように、当山都町の目丸という集落の旧家に保存されてまいりました、阿蘇家ゆかりの品々であると伝えられているもの十五点のうちの一つで、みなさまにお配りした資料にあります三本の刀のうちの一振りであります。

保護委員の皆様には、協会より事前に配布させていただきました山都町の阿蘇家入領800年記念事業「山都物語の夜明け」の最後のイベントでありました清和文楽の方々による新人形浄瑠璃「阿蘇の鼎灯」の床本製作にあたりましての経緯をお話いたしました「歴史講座」の原稿をお読みいただいているものと存じます。伝説によれば、天正十四年、阿蘇家武士団の最後の大宮司阿蘇惟光が島津からの侵攻に備えて逃れたところが目丸の里であったとされているのですが、今お話いたしました品々が其の折の遺留品であろうと思われているものです。その遺留品を所蔵なさっておられる山崎さんのお宅にお伺いし、見せていただいた琵琶や鎧の胴巻きなどの中にこの三本の刀がありました。

太刀の磨上と思しきもの一振り。長短の小刀が一振りずつ。いずれも見る影もなく錆がきています。

私は、武器としての刀にはあまり興味がありませんでしたし、錆だらけの刀というものはなんとなくみすぼらしく、魅力を感じるものでもなかったのです。なぜそのような刀を再生させようと思ったのかはちょっとした理由があるからなので、先ほどお話しました「阿蘇の鼎灯」

を映画作品にしようかという話が、その一月ほど前に某映画監督さんから御座いまして、三、四年待ってくれれば何とかしましょうなどという少し無責任な約束をしてしまいました。しかし、映画となると舞台のお芝居とはまったくスケールが異なります。勿論、其の内容の密度は変わらないとは言うものの、設定の自由度や制限は大きく異なります。まず、カットの数も膨大なものになりますし、展開される舞台の歴史的時間の拡張、登場人物の数なども勿論、出来事の範囲などは、想像しただけでも、肥後内の菊池を始め国衆と呼ばれる領主達、近隣の、相良、大友、島津、竜造寺、日本から朝鮮。それに朝廷や執権の内情に深く及びます。又、文献をはじめとする資料の深さに欠ける中世に向き合って、その勉強や資料収集に費やされる時間やエネルギーが自分に果たしてあるのだろうかとかなり不安でした。学芸委員の西さんに改めて阿蘇家に関係の有る情報収集手段の洗い直しをお願いしながら、私は、ごく身近な資料として、浄瑠璃では、五段目の舞台になっております目丸の里に現存している、その山崎家所蔵の武具や琵琶など数点の、阿蘇家所縁の品々の掘り起こしを急がなくてはならないと思ったのです。

何度か、所有者の山崎さんに、それとなくお勧めしたと思うのですが、山崎さんから同意をいただいてまもなく、阿蘇品先生とのご縁で刀剣研磨師の正海さんに拙宅に出向いていただき、山崎さんには三振りの刀をお持ちいただいて見ていただくことになりました。刀剣にご趣味がお有りの方でしたら、期待に胸躍らせる時間でしょうが、私は何となくしてはいけないことをしているような心地でした。郷土史家の方々をはじめとして、阿蘇家所縁の刀剣、それも、戦国時代、阿蘇家最後の嫡子、惟光とともに此の里での日々を送ったとされている此の刀たちは、山崎さんに対しても、郷土の伝説に対しても、其の出自を問うことがタブーとされていてこそ、阿蘇家との結びつきが保障されるのではないかとの思いがあったからです。案の定、三振りの内、刀の長さから惟光のものではないかと思われていた期待に反して、小刀の二振りは、江戸より遡れないということで、残るは最後の太刀のみになりました。不安でした。……暫しの沈黙のときが過ぎて、「この刀に出会うために此処まで来たのだと思いますね」研ぎあげて見なければ分からないけれど、少なくとも中世後期までは遡れると思うと話される正海さんの言葉に、初めて山崎さんの顔をまともにを眺められる心地でした。見る影もなく錆で覆われた無銘の一振りの太刀。研ぎ上がりに一年とのお話で、そのままお預けをしてお別れ致しましたのは、一昨年平成二十年の晩秋でした。明くる二十一年は依頼されたオペラの演出もあって八月までは何かと忙しく、お願いした刀のことは、途中一、二度、進行状況をお聞きしたぐらいで、ほとんど忘却状態にありましたが、九月に入って磨ぎ上がりましたから持ってありますとの知らせが正海さんからありまして、山崎さんと私、町長にも出向いていただいて再会を致しました。

刀剣に対する鑑識眼などまったく持ち合わせていない私には、「きれいに研ぎあがったものだな」という感じと、何百年という時間に耐えて残ってきた武具の機能美のようなものが迫ってくるように思えたことが茫漠と記憶されています。

(刀剣に知識や所持、または鑑識される方を聞く)

京都国立博物館名誉会員の稲田和彦氏からは、次のような説明をいただきました。

刀　磨上無銘　直江志津　一口

南北朝時代

熊本県　山崎新教蔵(よしのり)

鎬造り　磨上無銘の刀である。

その作風は鍛え肌の板目が流れて肌つみ、地沸つく。刃紋は小湾れを主調として、互の目尖り刃、など交えて、匂い口、締りごころに小沸えのついたものである。

長い太刀を大きく磨上げて短くなっているが、身幅広く切っ先が延びた南北朝時代特有の姿をしている。これらの観点より直江志津と鑑せられる作である。

直江志津は、相州正宗の十哲の一人に三郎兼氏があり、もと大和国手掻派の出であるが、成業の後に、美濃の国志津の地へ移住したことから、同工及び其の一派の作刀を総称して志津という。さらにその門葉が、南北朝時代以後、同国の直江に移住したものがあって、これを総称して直江志津といい、室町時代に掛けて栄えている。「兼氏」、「兼友」、「兼次」、「兼信」など在銘作がそれである。

此の刀は、磨上ながら覇気を感じる豪壮な体配、焼き幅広く互の目が優雅に滲れた刃文など、よく直江志津の特徴を表わしている。　以上です。

刀剣用語などというものは、一般の人々の生活の傍らにあるものではなく、たとえあったにしても、文化財や趣味の域内のものと思っていたので、さっぱり分かりません。とりあえずというか、あわててというか、付け焼刃の勉強に取り掛かります。刀剣研磨師の正海さんからお借りした日本刀の鑑賞基礎知識をはじめ、佐藤貫一氏の「日本の刀剣」、稲田和彦氏の「日本刀大全」など何冊かの書籍、インターネットからは、やはりマニアックな方たちがおられて、かなり解像度の高い画像とともに情報を与えてくれます。百聞は一見に如かずで八代の刀匠木村兼定さんの作刀の現場や、刀剣展示会などにも出かけ、出展されている方々の主張や蘊蓄などを聞かされているうちに、鑑賞などとは程遠くとも、なんとなく初歩的な刀への接し方や、ポイントが分かったような気がしてきました。今は、各時代の刀工の特徴や、刃紋の複雑な模様などよりも、鍛錬の結果としての刀の地肌というものが、年輪でいえば数万年というような層で出来ているということを知ったことが、歴史を考える上での態度に一つの示唆を与えてくれています。

しかし今日のこの機会は、其の刀剣の鑑賞についての私のわずかな知識や経験をお話しすることではなく、此の刀が、目丸の里から幾百年の間、消失することなく、山崎家に伝えられ、保存されてきた理由と、その辿ってきた運命について物語とどのような関わりを持たせるかというきっかけなどと、そのほかの刀にまつわることについて、少しばかりお話しをしようかなと思います。といっても、歴史学的、考古学的に出自などを読み解くということではなく、此の物語の筋に生々しい息吹を与えるために、出会うことが出来た資料を基に、許される限りの独断と偏見によって想像力を膨らませ、可能な限りの合理性の元に、出自を創り出し、その創り出した出自の契機に物語の目的をも含ませたいというようなことです。

物語は、無論いくつかの着想のうちの一つですが、まずプロローグで出自のシーンが映し出されます。南北朝戦乱の最中、美濃国大井荘の領主の館に宮仕し、武士たちの横暴と殺戮を見つめる一人の娘、かつて野鍛冶から転じた直江志津の門葉の一刀工の娘が、時の荘園領主の息子の命を救ったことへの報賞を聞き求められ、彼女は自分の祈願を込めた太刀を父に打たせて欲しいと望みます、望みは聞き届けられ、砂鉄の採取場で無心に砂を洗い、父に一振りの太刀を造ってもらう。

正平五年五月十五日満月の夜、最後の仕上げの研ぎが終わり、中空の月にかざされた太刀は、妖しくその光を吸うがごとく輝きます。

太刀に鏃られた命は、「月読」。神前に置かれた太刀に装束を調えた娘が祈願を始めると、今中天の月は時ならずして欠け始め、光りを失って行きます。漆黒の闇の中、太刀は妖しく光りを放ち、祈りの終わりとともに月は又姿を現わします。（月読とは古事記のほうのいざなぎの命の三人の子供の一人で、（姉さんはアマテラスオオミカミ、弟はスサノオのミコト）夜の支配を任された月読命の月読です。けれども何を祈願したのかは領主にも、父にも言わなかった。というようなものですが、これが合理性を持つためには、健磐龍命が宇治の出となっていますから、阿蘇家の系図との関連を考察しながら、建武から貞治付近の当時の小鍛冶の存在や分布、支配者達の戦いに伴う移動、祇園執行日記付近などを手引きにしながら、民衆の動向や村々の状況をはじめとする、背景としての有形無形の事象と整合を取ろうかなと思っています。刀は、歴史の流れに乗りながら、センセーショナルに人々の手を経て、此のあたりは懐良親王、宇治惟時、恵良惟澄、と高知尾衆の筋を辿れるかも知れないと思いますが、阿蘇家筆頭家老甲斐宗運の手に渡ります。物語に入り、天正十年二月阿蘇惟光が生まれた祝賀の準備で賑わう浜の館。そして、宗運がお祝いに此の刀を献上し、父惟種より守り刀として授けられる（惟種はある出来事から二十四歳で逝去します。惟光僅か三歳）それから天正十四年、刀は、目丸に落ちていく惟光に同道します。そこでは惟光の喧嘩相手でもあり、遊び相手でも有る三つ年上の少女、目丸の長、目丸遠江守の娘「紀和」とともにつかの間の平和な日々を送りますが、秀吉下向の後、佐々成政に庇護を願い、目丸を離れてゆく其の日、刀は、日々の思い出とともに娘に託されます。文禄二年、讒訴によって惟光が悲運の生涯を閉じるその前日、娘は熊本城に此の刀の鍔を持って駆けつけます。一目でも会わせて欲しい。かなわぬならせめて声だけでもとの必死の訴えを聞き届けられ、襖を隔てて交わす決別の時間と会話の中で、惟光は前夜見た夢の中で、刀の精が現れて自分は刀工の娘の祈りによって造られたことと、「月読」の名前に託された祈願というよりも悲願というべきその真意、弟惟善が命を繋ぎ、現在の阿蘇神宮に系譜を継ぐ由縁の奇跡…と、これは刀に関してだけのことですが、まあそのように筋書きに刀が関わってくるというようになるかもしれません。これはあくまでもいくつかの着想のうちの一つです。

次に目丸の棒踊りについて少し触れさせていただきます。

此の後、目丸の伝統芸能伝承会の方々による目丸の棒踊りが演舞されるということであります。棒踊りの由来については会員の方から縷々お話が有るかと思いますが、今は演舞として伝承されていますこの棒踊りは、元来武術ですから、当然其の型の流れの一つ一つに、攻守の意味があるのでしょう。前衛、中衛、後衛の三段構えで六つの型の流れがあるということですが、此の型が、此の土地独自の流儀なのか、肥後の棒術の一流派のものであるのか、または内大臣や京の女郎などの地名の残る此の地方に落ちてきた平家の武士たちから、竹生島流のような棒術を習得していたものをさらに編成して鍛えたものなのか分かりませんが。物語の中では、白刃相手の、かなり激しい訓練のシーンにしたいので、その動作を現在の棒術の型に照応して復元しなければならない。刀の良し悪しのテストの一つですが、海水に胸まで浸かり、刀の腹で水面を叩くと折れてしまうものがあるということです。棒術の型の中にはそれに応じたものもあるのでしょう。これから、集落の方々にお願いして、可能な限り昔日の踊りを演じていただき、解析のための貴重な記録をとりたいと思っているのですが。

＊前田家の系図

つぎに、刀に関連して暫し時間をいただいて私の家の系譜に因んだお話をしたいと思います。私が生まれたのは東京の淀橋区戸塚で、いわゆる高田の馬場です。父は高知県出身で母は静岡県の富士宮、富士山の表登山口のあるところです。母方は百姓で第二次大戦末期には父を置いて一家疎開をしておりました。というのも、父は毎日新聞社の編集局校閲部に居りましたので、戦局が敗色になっても、国民鼓舞のための記事を載せている関係で、憲兵の監視下にあり、家にはめったに帰ってはこられなかったからです。その父は士族の出だというのが口癖で、厳格一途、床の間には刀が二振りあって、今になって考えてみれば一振りは拵えで白鞘に刀身が有ったのですが、短気というか何と言うかすぐその刀を抜いて怒りつけるので、私は武士とか刀とかは大嫌いでした。母は百姓の娘ですし、温和な土地柄もあって怒られた経験もありません。そのようなわけで、刀などには縁のない六十年が過ぎていったわけですが、数年前、年を重ねた人が良くなさってる先祖探しを私も致しました。戸籍上では、父から三代遡って、前田善左衛門宝策という人が、辿り得る最後の祖なのですが、どのような人物であるのかがさっぱり分かりません。過去帖を調べるにも寺も分からない。思い出したのが、「士族の出」という言葉です。土佐藩は山内家が藩主です。それなら藩士かもしれない。もしそうなら古文書に記録があるだろうと、高知県立図書館に問い合わせましたところ、藩士の中に名前があるとの事でした。今坂本竜馬のドラマがテレビで放映されていますが、名前が出てこないところを見ると、地位の高い武士ではないのでしょうが、古文書の写しを送付していただきました。慶応元年からの俸禄の昇給履歴があり、俸給は七石七斗ですから、足軽身分だったのでしょう。明治元年に苗字を許され前田と相唱える。そして、同封されてきた文書（奥州紀行と土佐藩届書）の中に、戊辰戦争の最後の戦いである会津戦争の、明治元年（一八六八）九月二十二日、城頭の大手門に、降伏の白旗が掲げられるまでの、白虎隊で有名な若松城攻めの詳細な戦況の報告記録があり、八月二十五日、二十六日が此の戦いのうち最も熾烈であって、城兵、官軍ともども三千を越す死傷者が出たとあります。この負傷者のリストの内に、前田善左衛門の名前がありました。板垣退助の指揮下、飛弾を掻い潜りながら雄たけびを上げ、抜刀しながら戦場を疾駆する一兵卒の姿が目に浮かぶようでした。明治二年八月二十二日付けで、戦功の褒章として刀料として二十両を下賜されたとありますが、刀一振りが、その折の傷の報いだったということでしょうか。

（慶應4年（明治元年／1868年）8月23日〜9月22日。会津藩主・松平容保（京都守護職）に対する追討令が出され、薩摩・長州を主力とする西軍が会津若松を攻めた戦い。白虎隊、娘子軍の活躍で名高い会津藩は近隣の30余藩と奥羽越列藩同盟を結びこれに対抗し会津若松城を拠点に激戦を繰り広げました。慶応4年（明治元年・1868年）9月22日、会津藩は降伏しました。後に、明治10年（1877年）の西南戦争では、会津戦争などの遺恨を晴らすべく会津出身の兵は特に奮戦したといわれています）

此の後、もう一つの刀があります。送られてきたものの中に、高知新聞社発行の、土佐の婦人たちという書籍がありました。それによると、先の前田善左衛門宝策の長女に前田松寿という女性が居りまして、明治三十五年、後の私立土佐女子中高等学校の前身である私立高知女学校を時の知事渡辺融氏より認可を受けた創設者だということです。後に静岡の浜松に移り、そこでも静岡県立浜名高等学校の前身である静岡県貴布彌女塾の創始者となったとありました。

此の女性について

其の第一期卒業生で静岡県北浜学院長となった太田よし子女史の言葉で、「先生は非常に厳格な方であって、常に刃物を教壇におきまして、私の教えることが一人でも分からない生徒があればすぐ此の場で死にます。こういって常に生徒に学問を教えておりました。」という一文がありました。此の女性にとって教壇上の刀は、教育に携わるものの心得として、何者にも譲ることの出来ない矜持であり、それを保ち得ぬ己の不徳があればその不甲斐なさを己の命とども断ち切らねばならないという覚悟の、魂の「一振りの刀」であったのでしょう。其の血筋の何がしかを受け継いで、私は皆さんの前に立っております。そして、今日お話したどの刀の片鱗をも持たない今の私を、恥じている自分が居るのです。まあ正直なところ、私の母でなくてよかったなあと思っている自分も居るのですが。両親とも刀を持っていると怖い!

ということで

刀のお話は、これでおしまいに致しましょう。

現代に生きる私たちは、地球規模のグローバルな情報社会にあって、国家や社会的組織を内外から認識することが出来、意欲さえあれば、物心ともに、特に歴史を振り返ることをしなくても、己のよって立つところを確保する自由も機会もあるように思えます。そして、そのような日々の生活がごく当たり前であり過ぎることから、古代や中世どころか、近現代の歴史からさえも、かなり遠い場所に立っていることを意識していないのが実情ではないでしょうか。現在われわれが触れることの出来る古文書、記録などの文献資料や、社寺、古刹、刀剣などの武具に表象される歴史の断片は、いずれもほんのわずかな、限られた階層の、記録や命令書などであり、権力や富への野望欲望の成果や象徴です。けれども、其の背後にあって、文字さえ読めず、自分のよって立つところへの意識や、身の回りに次々と起きてくる出来事を、体系的に、組織的に認知把握することが出来ない無数の人々や、其の人たちによって作られている社会、其の人たちを抱え込んでいる社会が求め目指していた実態や真実はなかなか見えてはこないのです。

しかし、此処に私たちは、ごく自明のこととしている現代の生活のあり方に対しても、新たな矛盾や非条理を見出す目を持たねばならないのではないでしょうか。それは、先述のように、此の現代の社会、身の回りにあふれているさまざまな情報から、社会と己のスタンスを把握し、己の行く手に生起してくる出来事を選択し、自由に人生を構築して生きているかに見える現代の社会は、果たしてそれほど「明るい未来」に対する透明度の高いものであるのかと考えるとき、あの中世の大多数の、文字に縁のなかった人々のような自由度が、くまなく組織化された現代の人々に本当に許されているのかということです。図書分類で6桁、単純に数値化して十万種に及ぶ分野には、またそこに働く人々が居る。原子力産業、身の回りにあふれる樹脂関連産業。航空機、宇宙開発、IT情報産業、自動車、電子機器産業、国際的金融業界、地球規模で産地化された農業など。すべての人は其のどれかに組織人として組み込まれまた隷属され、自由とは程遠く、身動きの取れないような何かに支配され、自然に対しても、人類に対しても、本来目指すべき方向や姿に逆行しているように見えているのは私だけでしょうか。そのように考えるとき、此の現代の社会に生きる私は、家族は、地域は、国家は、世界はそして皆様は、何を求め、どこへ向かおうとしているのでしょうか。

七百年の光陰を遡るあの戦乱の最中にあって、農具を作るべき其の手でひたすら刀を作らねばならなかった刀工の娘の「月読の太刀」に掛けた祈りとは何だったのでしょう。それは、現代の我々のように、あらゆる事象や、希求する心情を、幸福などという概念として抽象的に表現し得る文字や、語彙を駆使する術を持たなかった当時の民衆の、心からの祈りであったと思いたいのです。恒久的な安全と安心がもたらす「幸福」という二字を求めて。私の祖先もまた、腰に太刀を佩き、刀を帯び、あるいは功名のため、あるいは志のため、人を傷つけ、己もまた傷を負い日々を生きていたのでしょう。それが幸福という成果をもたらしてくれると信じて…。あの刀工の娘は、その幸せの実現のためにあることを祈願しました。姉を昼の支配者天照大神に持つ夜の支配者である月読命は古事記の中で一切表には出て来ませんが、灼熱の太陽の世界を鎮めながら、休息の帳と恐怖の闇に清らかな光りを注ぎ、静かに月齢を刻み続けます。「月読の太刀」への悲願、それは此の物語の中で、追い求め、明らかにしていきたいと思います。

有形無形の文化財に触れ、歴史を振り返るということは、過去の事物や事象から学び、未来への見通しを開くことだとよく言われます。しかし、事実の羅列は単なる事実であり、その中に秘められた「人が人として生きるということとは何かという問いの答えとしての真実」を見出すためには、残された文化財の一つ一つから、其の時代時代の人々の精神の有り様や魂の語りかけを聴きとめる注意深さや豊かな想像力、豊かな感性を土台とした、学究的態度と、その成果に対する積極的な関わり合いが必要とされているように思われます。

此のお話のはじめに、文化財の保存及び活用ならびに調査研究という文化財保護委員の使命がありました。私の関り合いに限って言えば、

「阿蘇の鼎灯」の物語を書くに当たり、中世肥後の一豪族であった阿蘇家の拠点である浜の館のあった当地の、数少ない歴史の遺品である一振りの刀の情報を得、山崎さんのお宅にお伺いして、刀を見たり、その由来についてお聞きしたことが「調査」で、このままでは錆の餌食になってしまうからと、研磨をしていただくようにお願いできたのが「保存」に一役買ったことで、刀剣の知識を学んだり、出自などについてあれこれ歴史を紐解くことが「研究」で、これを、文化財として広く世に紹介したり、ものがたりで主要な役割を振り当て、深い存在価値を持たせ、さらに私自身の中に精神の骨格として、一振りの刀を作り出していくことが「活用」なのかなと勝手に思っていますが、いかがでしょうか。

運命的な因果のもとに差し出された、山都町指定文化財の此の「一振りの刀」は、私にとって、800年の歴史の断片を切り裂き、そこに見られる真実の一つの位相を見返す力を持っているのでしょう。しかし、まだ底知れぬ歴史の資料の海を前に、着想の熱に浮かされている現在にあって、私自身の刀はまだ「なまくら」に違いありません。「調査と研究」の時間の成果

という水によって冷やされ、冷静な目を持って歴史の地肌を見極めることが出来るようになったとき、私の「一振りの刀」は「焼入れ」の確かなものとなり、初めて此の刀と対話をすることが出来るのでしょう。文化財を発掘したり、保護保存をする行為というものは、その任に当たっている者一人ひとりが、あの松寿のように、与えられた仕事に対する矜持としての自らの刀を持ち、切り取った其の文化財の一つ一つの持つ歴史の重みを抱えることであり、その時代々の人々が希求してやまなかった幸せへの祈願を受け継ぐことなのかもしれません。中世の民衆に比べて、二十数万という語彙を駆使することが出来る現在の日本人の言語組織をもって、叡智を創出し、文化財から発せられる悲願を読み解き、その成果を我々の希望として、新たな一歩を踏み出す明日を迎えたいと思います。

了

公益基金　「時の橋」

公益基金　時の橋創立にあたって

ある日知人から、今度熊本市内の中学校で、ヴァイオリニストの篠崎史紀（通称マロ）さんを呼んで、スクールコンサートをするのだが、一校だけでは勿体無いので、矢部の中学校でも演奏させてもらえないかと頼まれた。早速教育委員会に電話をしたところ、予算は無いが、それでよければ電話してみると言ってくれた。

体育館での篠崎氏のヴァイオリン演奏は、生徒たちを美しく、澄み切った音色で包み込んだ。演奏会ホールとは又異なった響きで、私も聞き入ってしまった。

明くる朝、生徒の母親から電話があった。

演奏会有難う御座いました。子供がとっても感激して、素晴らしかったよと、何回も言っていました。

本当に有難う御座いました。

感激したのは私でした。

子供たちの感性の純粋性に芸術が磨きをかける芸術に出会うことの少ない矢部の子供たちに多様な位相を持つ美しさに出会わせて上げられたら、その思いに駆られて、翌日（時の橋）の創立を思い立ちました。

矢部地方の芸術的環境のための呼びかけ。

里の春は、暦に遅れること数旬、風花に気兼ねをしてか、梅の薫にのみ訪れを託すこの頃、各位には、ますますご清祥のことと存じ、お嘉び申し上げます。

扨、この度私共は、左記の趣旨により、公益基金の設立を目的に発起致しました。どうかご一読の上、ご理解賜りまして、ご賛同下さいますよう、よろしくお願い申し上げます。

呼びかけの目的。

矢部地方の、児童、生徒、少年少女に対して、より高い芸術文化環境を、提供するための公益基金の設立。

趣意書（序文）－子供達を取り巻く環境など－

現在、私達が生きている時代を、社会の状況や、その遷り変わりという視座から広く考察してみますと、ある一つの考え方に出会います。

我が国は、鎌倉時代より明治維新まで、いわゆる封建制度の下で国民生活が営まれてきました。明治以降も、近代資本主義の仕組みの土台として、第二次世界大戦終了まで、その支配側の精神構造は専制的な軍国主義として持ち越され、大きな民族的悲劇を招き、大戦終了とともに幕を下されました。

終戦と同時に歩きだした民主主義と個人主義、それは、廃墟の中から立ち上がった国民のエネルギーに支えられて、経済主義とも言うべき状況を創出していったのです。

国民の経済生活は向上し、ラジオからテレビ、汽車から飛行機、その他今では当たり前になってしまった大型電気冷蔵庫や自動洗濯機、携帯電話。農業を取り巻く事情も大きく変貌し、小は草刈り鎌の代わりから、大は米国の大農場並の大型農業機械、また、申し込み書一枚でふんだんに使える原子力発電所からの電力。

人間の、人格形成にとって最も大切な、幼年期から成長期にかけての多くの時間を占有しかねないファミコン。カード一枚がまるで現金のように錯誤してしまう金銭感覚。

文明に名前を借りた人間の欲望は、その醜く愚かな側面をしだいに成長させながら、曾ての封建思想や軍国主義同様に、わたしたちから、何にも代えがたい人としての尊厳と誇りを忘れさせようとしています。生活の利便性や、飽くことを知らない刺激的享楽を、お金で購い続け、多くの大切なものを失いながら、この社会は何処へ向かってゆこうとしているのでしょう。

このように考えるとき、次の世代を担う子供達に私たちが手渡して行く物質的、精神的社会環境は、必ずしも楽観的とは言えないと思えます。

趣意書（本文）－芸術活動と子供達－

人は生まれてから十年余りのうちに、人格の基礎が形成されると言われます。人間の精神活動の、または全人格の要素として、知情意、または知徳体と呼ばれるものがあります。このうち、学習や鍛錬のような努力によって獲得できる知識や体力や決断力と異なり、情趣や徳は、その人を取り巻くあらゆる事象に対する美の感覚を培うことによって深まり、さらにそれによって突き動かされる言動によって積まれてゆくと考えられます。

何を見、何を聞いて美しいと感じるか、どんな生き方を美しく素晴らしいと憧れるか、どんな社会が理想だと考えるのか、自分自身はどんな人生を生きたいか。

人間にとって最も尊重すべきものは、個人に与えられた才覚と能力を余すところなく発揮し、自分自身と社会に寄与貢献をすることだと考えます。

矢部地方の子供達。

善きにつけ、悪しきにつけ旺盛な吸収力をもって成長するうら若き日々に、人間の社会活動の中で、優れて善きものに接する環境を彼らに与えてやりたいと思いました。

特に芸術活動と言われるもの、文学を初め、絵画や彫刻、音楽や演劇のような舞台芸術の優れたものを鑑賞してもらいたいのです。

それによって先に述べたより深い情緒や、より高い徳性を備えた社会人に成長する礎の一つになることを願ってこの基金の設立をしたいと思います。

平成十年初春

演奏者	曲目
関山　幸弘 井川　明彦 一色　隆雄 神谷　敏 多戸　幾久三	・トランペットヴォランタリー ・ユーモレスク ・ニューファウンドランドスケッチ ・組曲モンテレジアンヒルズⅠⅡ ・ウェストサイドストリーより ・リンゴファンタジー
中野　富雄 北島　章 加藤　明久 霧生　吉秀 大野　良雄	・ディベルティメント ・３つの断章 ・五つのやさしいダンス ・ロンドンデリーの歌 ・組曲「ルネ王朝の暖炉」
篠崎　史紀 酒井　敏彦 中竹　英昭 銅銀　久弥 吉田　秀	・ディベルティメント ・アイネ・クライネ・ナハトムジーク ・美しきロスマリン ・愛の悲しみ ・愛の喜び ・美しく青きドナウ
杵屋　五司郎 山崎　千鶴子 竹井　誠 米澤　浩 添川　浩史 吉村　七重 田村　法子 徳野　礼子 田原　順子 仙堂　新太郎 望月　太喜之丞	・「子供のための組曲」より第一・三・五章 ・春の海 ・星に願いを ・華やぎ ・那須与一 ・祭り囃子 ・幕間三重〜獅子狂い五段 ・「ダンスコンセルタンテ」より
篠崎　史紀 清水　大貴 白井　篤 俣野　賢仁 松田　拓之 森田　昌弘 小畠　茂隆 鈴木　るか 篠崎　由紀 山内　俊輔 吉田　秀 桑生　美千佳	・グリーグ：ホルベルク組曲 ・モーツアルト：ディヴェルティメント第一番ニ長調K.136 ・ヴァイオリン協奏曲「四季」より第Ⅰ番ホ長調　春 ・二つのヴァイオリンのための協奏曲　Ⅰ楽章 ・アイネ・クライネ・ナハトムジーク

時の橋　コンサート　足跡

No.	開催日 コンサート名	演奏種別	楽器・パート
1	平成10年9月 30日　スクールコンサート	ＮＨＫ交響楽団 金管五重奏	トランペット トランペット ホルン トロンボーン チューバ
2	平成11年12月 4日　スクールコンサート	ＮＨＫ交響楽団 木管五重奏	フルート オーボエ クラリネット バスーン ホルン
3	平成12年10月 23日　スクールコンサート 23日　ふれあいコンサート	ＮＨＫ交響楽団 弦楽五重奏	ヴァイオリン ヴァイオリン ヴィオラ チェロ コントラバス
4	平成13年10月 19日　スクールコンサート 20日　ふれあいコンサート	和のオーケストラ 日本音楽集団演奏会 （指揮：田村　拓男）	三味線 三味線 笛 尺八 尺八 箏 箏 箏 琵琶 打楽器 打楽器
5	平成14年10月 3日　ふれあいコンサート 4日　スクールコンサート	ＮＨＫ交響楽団 弦楽合奏団	ヴァイオリン ヴァイオリン ヴァイオリン ヴァイオリン ヴァイオリン ヴァイオリン ヴィオラ ヴィオラ チェロ チェロ コントラバス チェンバロ

演奏者	曲目
黒尾　友美子 橋本　達 田中　豊輝 栗原　寛 永澤　健 高橋　敦之 簑島　晋 植田　真史 金城　孝一 齋藤　令 大門　康彦 荒木　誠 箕輪　健	・男声合唱のための唱歌メドレー 故郷　春の小川　朧月夜 鯉のぼり　茶摘　われは海の子 夏は来ぬ　村祭　紅葉 冬景色　雪　故郷 ・美しく青きドナウ ・世界うためぐり アメリカ　ロシア　南米 ・日記の歌＋α
篠崎　史紀 桑生　美千佳	・ブラームス：スケルツオ ・ブラームス：ソナタ　第一番ト長調　作品78 ・クライスラー：小品集 ・サラサーテ：チゴイネルワイゼン
関山　幸弘 古田　俊博 今井　仁志 池上　亘 池田　幸広	・クラーク：トランペットボランタリィ ・ロドリーゴ：アランフェス協奏曲 ・ドビッシー：ゴリウォークのケイウォーク ・フランス民謡：フレールジャック ・ウエストサイド物語より ・ドレミの歌 ・サザエさん ・ドラえもん ・ウアラー：ルッキングッド
杵屋　五司郎 穂積　大志 竹井　誠 米澤　浩 原郷　隆 吉村　七重 熊沢　栄利子 桜井　智永 首藤　久美子 仙堂　新太郎 蘆　慶順	・長沢勝俊作曲：三味線協奏曲 ・楽器紹介 十三弦箏：六段 十七弦箏：グリーンスリーブス 二十弦箏：芽生え 尺八：鹿の遠音 琵琶：那須与一 笛・打楽器：祭り囃子 三味線：幕間三重 三味線・笛・打楽器：獅子狂い五段 ・佐藤敏直作曲：ディベルティメント
篠崎　史紀 松田　拓之 井野邉　大輔 上森　祥平 豊永　美恵	・モーツアルト：セレナード　ト長調Ｋ５２５ 「アイネクライネナハトムジーク」 ・ドボルザーク．弦楽四重奏曲第12番ヘ長調 作品96　「アメリカ」第1.2楽章 ・ブラームス：クラリネット五重奏曲 ロ短調作品115　第1楽章 ・フランス民謡：「クラリネットを壊しちゃった」

No.	開催日 コンサート名	演奏種別	楽器・パート
6	平成15年10月 2日　ふれあいコンサート 3日　スクールコンサート	プロ男声合唱団 クロスロード・ シンガーズ演奏会 （指揮：辻　正行）	ピアノ 第1テノール 第1テノール 第1テノール 第2テノール 第2テノール 第2テノール バリトン バリトン バリトン バス バス バス
7	平成16年9月 29日　ふれあいコンサート 30日　スクールコンサート	ＮＨＫ交響楽団 篠崎　史紀 ヴァイオリン演奏会	ヴァイオリン ピアノ
8	平成17年10月 25日　ふれあいコンサート 26日　スクールコンサート 26日　ふれあいコンサート 27日　スクールコンサート	ＮＨＫ交響楽団 ＋東京フィル 金管五重奏	トランペット トランペット ホルン トロンボーン チューバ
9	平成18年10月 18日　ふれあいコンサート 19日　スクールコンサート 19日　ふれあいコンサート 20日　スクールコンサート	和のオーケストラ 日本音楽集団演奏会 （指揮：田村　拓男）	三味線 三味線 笛 尺八 尺八 箏 箏 箏 琵琶 打楽器 打楽器
10	平成19年10月 2日　ふれあいコンサート 3日　スクールコンサート 3日　ふれあいコンサート 4日　スクールコンサート	ＮＨＫ交響楽団 コンサートマスター 篠崎　史紀と 「すてきな仲間」たち	ヴァイオリン ヴァイオリン ヴィオラ チェロ クラリネット

演奏者	曲目
松田　拓之 松田　麻美 甲斐　雅之 坂口　弦太郎 上森　祥平 稲川　永示 桑生　美千佳	・モーツアルト：フルート　四重奏曲ニ長調K285　第1楽章 ・ハイドン：弦楽四重奏曲ニ長調　OP64-5(ひばり)　第1楽章 ・フルート独奏：ビゼー「アルルの女　第二組曲よりメヌエット」 ・チェロ独奏：白鳥 ・ヴァイオリン独奏サンサース：序曲とロンド・カプリッチョOP28 ・シューベルト：ピアノ五重奏曲「鱒」 ・J.ストラウス弦楽合奏　「ワルツ　美しき青きドナウ」
篠崎　史紀 早川　りさこ 一戸　敦	・ハープ独奏：マクスウェル「引き潮」 ・ハープとフルート： ビゼー　「アルルの女　第二組曲より　メヌエト」 ドビッシー「亜麻色の髪の乙女」 山田耕筰「赤とんぼ」 ・ハープとヴァイオリン： マスネー「タイスの瞑想曲」 モンティ「チャルダッシュ」 宮城道雄「春の海」　他 ・ハープ　ヴァイオリン　フルート イギリス民謡「グリーンスリーブス」 モーツァルト「子守唄」 バッハ「G線上のアリア」 エルガー「愛の挨拶」　他
植松　透 山下　雅雄 飯田　智子 齋藤　美絵 長谷川　友美 辻田　佳代子 植松　葉子	・道化師のギャロップ ・Merry Time ・打楽器の紹介 ・木片のための音楽 ・ラ・クカラチャ ・狸囃子抄 ・竹田の子守唄 ・YAGIBUSHI（八木節） ・風になりたい
篠崎　史紀 山岸　努 横溝　耕一 篠崎　由紀 古賀　美代子	・ドボルザーク：弦楽四重奏曲　<アメリカ>第一楽章 ・ジチンスキー：ウィンわが夢の都 ・ウィニャフスキー：スケルツオ・タランテラ ・サンサース：白鳥 ・エルガー：愛の挨拶 ・ショパン：子犬のワルツ ・ドホナーニ：ピアノ五重奏曲　第一番ハ短調OP.1

No.	開催日 コンサート名	演奏種別	楽器・パート
11	平成20年9月、10月 30日　ふれあいコンサート 1日　スクールコンサート 1日　ふれあいコンサート 2日　スクールコンサート	ＮＨＫ交響楽団 Ｎ響メンバーと その仲間たちによる アンサンブル演奏会	ヴァイオリン ヴァイオリン フルート ヴィオラ チェロ コントラバス ピアノ
12	平成21年10月 27日　ふれあいコンサート 28日　スクールコンサート 28日　ふれあいコンサート 29日　スクールコンサート	ハープ・ヴァイオリン・ フルートのソロ・デュオ・ トリオを楽しもう	ヴァイオリン ハープ フルート
13	平成22年10月 12日　ふれあいコンサート 13日　スクールコンサート 13日　ふれあいコンサート 14日　スクールコンサート	たいこアンサンブル トムトム演奏会	打楽器・マリンバ 打楽器・マリンバ 打楽器・マリンバ 打楽器・マリンバ 打楽器・マリンバ 打楽器・マリンバ 篠笛
14	平成23年10月 5日　ふれあいコンサート 6日　スクールコンサート 6日　ふれあいコンサート 7日　スクールコンサート	ＮＨＫ交響楽団 コンサートマスター 篠崎　史紀 弦楽四重奏+ピアノ	ヴァイオリン ヴァイオリン ヴィオラ チェロ ピアノ

演奏者	曲目
篠崎　史紀 山岸　努 上森　祥平 本間　達朗 甲斐　雅之 豊永　美恵 植松　透 篠崎　史門 坂本　彩 坂本　リサ	サンサース〈動物の謝肉祭〉 1序奏とライオンの王の行進 2おんどりとめんどり 3ラバ 4かめ 5ぞう 6カンガルー 7水族館 8耳の長い登場人物 9森の奥のカッコウ 10大きな鳥かご 11ピアニスト 12化石 13白鳥 14フィナーレ
杵屋　五司郎 新保　有生 原郷　界山 桜井　智永 久本　桂子 山内　利一 久保田　晶子	和楽器演奏：秋の一日序曲 歌唱：里の秋 笛と打楽器：祭囃子 歌唱：村祭り　浜千鳥 楽器紹介　琵琶：扇の的 歌唱：荒城の月　ペチカ 楽器紹介　箏：春の海 歌唱：早春賦 楽器紹介　三味線：幕間三重 歌唱：うれしいひな祭り 歌唱：月見草の花 和楽器演奏<秋の一日> 　　どんぐりごままわそそう 　　イワシ雲見つけた 　　祭囃子がよんでいる
篠崎　史紀 山崎　努 横溝　耕一 富岡　廉太郎 高橋　洋太	・ドボルザーク：弦楽五重奏曲 ・ヨハンシュトラウス：美しく青きドナウ ・ヨハンシュトラウス：南国のバラ　他
植松　透 山下　雅雄 西久保　友広 内田　美絵 竹泉　晴菜 篠崎　史門 植松　葉子	・カバレフスキー：道化師のギャロップ ・フィンク：南アフリカの印象 ・打楽器あれやこれや ・ミーチャム：アメリカンパトロール ・メキシコ民謡：ラ・クカラチャ ・壽獅子 ・グラスティル：熊本民謡による「火后爛歌」 ・竹島悟史編：竹田の子守唄 ・和田薫：楽市七座

No.	開催日 コンサート名	演奏種別	楽器・パート
15	平成24年10月 2日　ふれあいコンサート 3日　スクールコンサート 3日　ふれあいコンサート 4日　スクールコンサート	ＮＨＫ交響楽団 コンサートマスター 篠崎　史紀 「動物の謝肉祭」	ヴァイオリン ヴァイオリン チェロ コントラバス フルート クラリネット 打楽器ティンパニー パーカッション ピアノ ピアノ
16	平成25年10月 8日　ふれあいコンサート 9日　スクールコンサート 9日　ふれあいコンサート 10日　スクールコンサート	和のオーケストラ 日本音楽集団演奏会 「邦楽と日本の抒情歌」 （指揮：田村　拓男）	三味線 笛 尺八 20絃箏 17絃箏 打楽器 琵琶
17	平成26年10月 20日　ふれあいコンサート 21日　スクールコンサート 21日　ふれあいコンサート 22日　スクールコンサート	ＮＨＫ交響楽団 コンサートマスター 篠崎　史紀 「とっておきの音楽会」 五つの弦楽器による演奏	ヴァイオリン ヴァイオリン ヴィオラ チェロ コントラバス
18	平成27年10月 5日　ふれあいコンサート 6日　スクールコンサート 6日　ふれあいコンサート 7日　スクールコンサート	たいこアンサンブル トムトム演奏会	打楽器・マリンバ 打楽器・マリンバ 打楽器・マリンバ 打楽器・マリンバ 打楽器・マリンバ 打楽器・マリンバ 篠笛

演奏者	曲目
菊本　和昭 山本　英司 木川　博史 池上　亘 池田　幸広	・ヘンデル：王宮の花火の音楽より「歓喜」 ・ボイス：ウィリアム・ボイス　ボイス組曲 ・エワルド：金管五重奏曲　第一番 ・ロジャース：サウンドミュージックメドレー ・ガーシュウイン：３つのプレリュード ・バーンスタイン：ウェストサイド物語より 「プロローグ」「マリア」「トゥナイト」
篠崎　史紀 山崎　努 上森　祥平 本間　達朗 甲斐　雅之 豊永　美恵 植松　透 篠崎　史門 吉田　秀晃 谷脇　裕子	・ヘンデル：パッサカリア ・バッハ：無伴奏チェロ組曲一番からプレリュード ・ロッシーニ：涙 シューベルト：ピアノ五重奏曲「ます」第4楽章 民謡：五木の子守唄 ・ベーラ・コヴァーチ：ベニスの謝肉祭変奏曲 ・ルロイ・ヘンダーソン：タイプライター ・サンサース：「動物の謝肉祭」 1序奏とライオンの王の行進 2おんどりとめんどり 3ラバ 4かめ 5ぞう 6カンガルー 7水族館 8耳の長い登場人物 9森の奥のカッコウ 10大きな鳥かご 11ピアニスト 12化石 13白鳥 14フィナーレ
早川　りさこ 甲斐　雅之	・メンデルスゾーン：歌の翼による幻想曲 ・フォーレ：シチリアーノ ・ラヴェル：ハバネラ形式の小品 ・ピアソラ：Cafe1930 ・ボンヌ：カルメン幻想曲 ・アンドレ：聖堂の入り口 ・ドップラー：ハンガリー田園幻想曲
篠崎　史紀 倉冨　亮太 中村　翔太郎 市　寛也 入江　一雄	・ブラームス：ピアノ五重奏曲　へ短調作品34 ・ドヴォルザーク：弦楽四重奏曲　第12番へ長調作品96

No.	開催日 コンサート名	演奏種別	楽器・パート
19	平成28年10月 10日　ふれあいコンサート 11日　スクールコンサート	ＮＨＫ交響楽団 トップメンバーによる 金管五重奏	トランペット トランペット ホルン トロンボーン チューバ
20	平成29年10月 2日　ふれあいコンサート 3日　スクールコンサート 3日　ふれあいコンサート 4日　スクールコンサート	ＮＨＫ交響楽団 第1コンサートマスター 篠崎　史紀を中心とした メンバーによる　演奏会 「動物の謝肉祭」	ヴァイオリン ヴァイオリン チェロ コントラバス フルート クラリネット 打楽器・ティパニ パーカッション ピアノ ピアノ
21	平成30年10月 10日　ふれあいコンサート 11日　スクールコンサート 11日　ふれあいコンサート 12日　スクールコンサート	ＮＨＫ交響楽団 ハープとフルート演奏会	ハープ フルート
22	令和1年10月 3日　ふれあいコンサート 4日　スクールコンサート 4日　ふれあいコンサート 5日　スクールコンサート	ＮＨＫ交響楽団 第1コンサートマスター 篠崎　史紀 「とびきり贅沢な音楽会」	ヴァイオリン ヴァイオリン ヴィオラ チェロ ピアノ

演奏者	曲目
篠崎　史紀 入江　一雄	・モーツァルト：ヴァイオリン・ソナタ　ホ短調　k.304 ・ベートーベン：ヴァイオリン・ソナタ 第9番　イ長調　op.47「クロイツェル」 ・ヴァイオリン小品集
山岸　努 千原　正裕 小畠　幸法 江沢　茂敏	・モーツアルト：ピアノ四重奏曲　第2番から第1楽章 ・子犬のワルツ ・白鳥 ・浜辺の歌 ・真田丸 ・大河メドレー ・フォーレ：ピアノ四重奏曲　第1番から第1楽章
篠崎　史紀 細川　泉 九州交響楽団の皆様	・モーツアルト：歌劇「フィガロの結婚」序曲 ・モーツアルト：ヴァイオリンとヴィオラのための協奏交響曲 変ホ長調　K.364 ・ベートーヴェン：交響曲　第7番　イ長調　作品92

No.	開催日 コンサート名	演奏種別	楽器・パート
23	令和4年9月 28日　ふれあいコンサート 29日　スクールコンサート	ＮＨＫ交響楽団 第1コンサートマスター 篠崎　史紀が贈る ヴァイオリン＆ ピアノ二重奏	ヴァイオリン ピアノ
24	令和5年10月 2日　スクールコンサート 3日　スクールコンサート	ＮＨＫ交響楽団 トップメンバーによる 山都のこどもたちにおくる ピアノ四重奏	ヴァイオリン ヴィオラ チェロ ピアノ
25	令和6年6月 16日　ふれあいコンサート 17日　スクールコンサート	「山都町総合体育館 落成記念」 篠崎史紀＆ 九州交響楽団演奏会	ヴァイオリン ヴィオラ 他

著者略歴

前田和興

昭和12年1月1日、東京生まれ
昭和57年11月　株式会社ソフトビル設立
平成10年　公益基金「時の橋」設立を機に
ヴァイオリニストの篠崎史紀氏、元矢部町長
甲斐利幸氏、梅田穣氏と親交を深める。
平成17年　山都町初代図書館長
現在　株式会社ソフトビル相談役

わたくしとは何だろう

―山の都に生きて―

2025年2月1日　初版発行　　定価3,300円（税込）

著　者　前田　和興
発行者　小坂　拓人
発行所　株式会社 トライ
〒861-0105
熊本県熊本市北区植木町味取373-1
TEL　096-273-2580
FAX　096-275-1005
印　刷　株式会社 トライ
製　本　日宝綜合製本株式会社